행복이 뭔지
나도 모를 때

행복이 뭔지 나도 모를 때

절망 끝에서 비로소 나를 만나다

초 판 1쇄 2025년 02월 20일

지은이 안서영
펴낸이 류종렬

펴낸곳 미다스북스
본부장 임종익
편집장 이다경, 김가영
디자인 윤가희, 임인영
책임진행 이예나, 김요섭, 안채원, 김은진, 장민주

등록 2001년 3월 21일 제2001-000040호
주소 서울시 마포구 양화로 133 서교타워 711호
전화 02) 322-7802~3
팩스 02) 6007-1845
블로그 http://blog.naver.com/midasbooks
전자주소 midasbooks@hanmail.net
페이스북 https://www.facebook.com/midasbooks425
인스타그램 https://www.instagram.com/midasbooks

ISBN 979-11-7355-085-0   03810

값 18,500원

미다스북스는 다음세대에게 필요한 지혜와 교양을 생각합니다.

절망 끝에서
비로소 나를 만나다

행복이 뭔지
나도 모를 때

안서영 지음

미다스북스

깊은 상처가 빛이 되기까지

어릴 적부터 제 삶은 끊임없이 흔들렸습니다. 3살 때 부모님이 이혼하면서 저는 친할머니, 외할머니, 어머니 그리고 폭력적이고 알코올 중독이었던 아버지의 집을 전전하며 살았습니다. 어느 곳에서도 마음 편히 머물 수 없었고 눈치를 보며 하루하루를 견뎌야 했습니다. 어린 시절, 할머니는 "너희 엄마 아빠는 이혼할 거면 그냥 이혼하지, 너를 왜 낳아서 나를 힘들게 하냐."라고 말씀하셨습니다. 중학교 졸업을 앞두고 친할아버지가 크게 아프시면서 할머니 집에서 더는 살 수 없게 되자 가족들은 아빠에게 저를 맡아달라고 요청했습니다. 아빠는 화를 내며 "그럼, 보육원에 보내."라고 말했습니다. 그때 받은 상처는 아직도 생생합니다. 그 말은 제 존재 자체를 부정당한 것처럼 느껴졌습니다.

사랑과 안정감이 없는 환경에서 자란 저는 점점 자존감이 무너졌습니다. 고등학생이 되면서 방황하기 시작했고 17살이라는 어린 나이에 임신했습니다. 당시 아이의 아빠는 모로코 사람이었고 저는 모로코라는 나라에 대해 잘 알지 못한 채, 단지 나의 존재를 온통 부정해 온 한국을 떠나 새로운 인생을 시작하고 싶다는 간절한 마음뿐이었습니다. 하지만 그 꿈은 오래가지 못했습니다. 그가 불법체류자였다는 것을 나중에 알게 되었고 출산이 얼마 남지 않은 상황에서 그는 한국에서 추방되었습니다. 그렇게 저는 미혼모 시설에 홀로 들어가야 했습니다.

세상에 홀로 남겨진 절망감 속에서 저는 어떻게든 아이를 위해 살아가겠다고 다짐했습니다. 19살에 딸을 데리고 모로코로 떠났습니다. 딸에게 아빠를 보여주고 싶다는 순수한 마음에서였습니다. 딸만큼은 저와 다르게 사랑받는 존재로 자라기만을 바랐습니다. 그러나 현실은 냉혹했습니다. 아이의 아빠는 바람을 피우고 저를 폭행하며 감금했습니다. 제가 믿었던 사랑은 파괴적이었고, 저 자신마저 무너뜨리는 이유가 되었습니다.

다행히 한국 영사관의 도움으로 극적으로 탈출할 수 있었습니다. 한국으로 돌아온 뒤에는 충격과 불안으로 인해 우울증, 사회 불안 장애, 알코올 중독에 시달렸습니다. 정신병원에 입원해 치료받으면서 제 인생이 정말 끝난 것처럼 느껴졌습니다.

하지만 그 끝이라고 느꼈던 순간, 다 포기하고 죽어버리고 싶던 어두운 밤, 저도 모르게 밤하늘을 올려다보았습니다. 그리고 스스로에게 나직하게 속삭였습니다. "내가 없으면 아이는 어떻게 살아갈까? 앞으로 혼자 얼마나 힘들어할까?" 이 질문은 제 마음속에 깊이 자리 잡았고 저는 조용히 다짐했습니다. "아이만큼은 혼자가 되지 않도록 내가 곁에 있어 주어야 해." 이 다짐은 제 인생의 전환점이 되었습니다. 이후 딸과 함께 살아가기 위해 저는 공부를 시작했습니다. 고등학교 검정고시에 도전해 합격했고, 더 나아가 서울사이버대학교 상담심리학과에 입학해 심리학과 상담을 배우며 자신의 상처를 이해하려고 노력했습니다. 그리고 지금은 부족했던 제가 사랑의 마음 하나만 갖고 작가로서 여러분을 만나고 있습니다.

공부하면서 저는 깨달았습니다. 우리가 겪는 상처 속에도 분명 배울 점이 있으며 그것이 내 안에 있는 빛을 꺼내준다는 것을 알게 되었습니다. 우울증, 사회 불안 장애, 알코올 중독 같은 고통스러운 경험은 단순한 상처로만 남지 않았습니다. 그것들은 저를 단단하게 만들어 주었고 같은 고통을 겪는 사람들에게 다가갈 수 있는 힘을 주었습니다.

이 책을 쓰게 된 계기도 바로 그것입니다. 저는 제 이야기를 통해 자신을 미워하며 고통 속에 갇혀 있는 분들에게 작은 위로와 희망을 전하고 싶었습니다. 미혼모, 방황하는 청소년, 우울증과 불안 장애로 힘겨워하는 분들, 그리고 알코올 중독으로 절망감을 느끼는 분들 모두가 이 책을 통해 자신을 사랑하고 치유하는 방법을 찾길 바랍니다.

어린 시절 저는 저 자신을 사랑하는 법을 몰랐습니다. 그렇기에 누구에게라도 의지하고 싶었고, 그래서 더 큰 상처를 받기도 했습니다. 하지만 지금은 그 시절의 저를 용서하며 이렇게 말할 수 있습니다. "너는 잘못이 없어. 너는 그저 사랑받고 싶었던 아이였을 뿐이야."

이 책은 그런 저의 경험과 깨달음을 담아내고자 했습니다. 우리 모두가 스스로를 용서하고 사랑할 자격이 있다는 것, 그리고 그 과정에서 우리는 더 강해지고 삶은 더 나아질 수 있다는 것을 말하고자 했습니다.

절망 속에서도 희망을 찾고, 상처를 치유하며 나를 사랑하는 방법을 배워나가는 여정을 함께 나누고 싶습니다. 이 책이 여러분의 마음속에 있는 상처를 치유하는 작은 빛이 되기를 소망합니다.

목차

4장 진정한 나와 살아가는 법

5장 성장을 위한 한 뼘 명상

6장 마지막으로 너에게 남기고 싶은 말

에필로그

1장

우울했던 나의 과거,
나를 깨우다

10대, 벼랑 끝에 서다

    부모님은 내가 3살 때 이혼하셨다. 이후 여러 곳을 옮겨 다니며 자랐다. 처음에는 엄마와 외할머니 손에서 길러졌고, 5살쯤부터는 친할머니와 함께 살게 되었다. 아빠는 경기도에 있는 집에서 혼자 지내셨다. 초등학교에 들어간 후 방학이면 아빠 집에서 지냈는데, 아빠 집에 가야 하는 방학이 다가오는 게 너무나 싫었다. 아빠가 회사에 가시면 종일 집에 혼자 있어야 했고 대부분 10시간 넘게 컴퓨터 게임을 하며 시간을 보냈다. 밥을 함께 먹어줄 사람도 없었고, 늘 외로웠다. 아빠는 가끔 야근하거나 술을 마시고 새벽에 늦게 들어오곤 했다. 그럴 때마다 혼자 어두운 밤에 집을 지키는 것이 무섭고 두려워 공포에 시달렸다. 때로는 아빠가 나를 데리고 밤늦게 까지 지인들과 함께 술을 마시고 귀가하기도 했다.

아빠는 나를 예뻐하시기도 하고 여행을 자주 데리고 다니기도 하면서 잘 대해주시는 날도 있었다. 그러나 본인이 화가 나거나 술을 마시고 감정 조절이 되지 않을 때면 심하게 때리셨다. 어렸을 때부터 아빠의 좋은 모습과 화난 모습을 반복적으로 보면서 어린 나는 매우 혼란스러웠다.

아빠는 내가 엄마와 연락하며 지내는 것을 무척 싫어하셨는데 내가 어느 날 엄마와 연락한다는 사실을 들키게 되었을 때, 아빠에게 뺨을 맞았다. 나는 어린 나이에 엄마가 보고 싶고 엄마가 필요하다고 항상 믿고 있었을 뿐인데. 아빠는 그날 이후 밤늦게 술을 마시고 들어와 '내가 너를 죽이고 나도 농약 먹고 자살하려고 했다.'라고 말씀하셨다. 어린 나는 그 말이 정확히 무엇을 의미하는지 몰랐지만 무서움은 크게 남았다. 아직도 그날 장면이 생생하게 기억난다. 반지하 집의 깜깜한 창문과 이불의 촉감, 볼 위에 마른 눈물까지.

그 외에도 방학에 아빠 집에서 지내면 아빠가 언제 폭발할지 몰라서 항상 두려웠다. 어느 날은 아빠가 술에 만취해 들어와 나를 보면 엄마가 생각난다며 모든 물건을 집어 던지고 내가 울면 내가 우는 게 싫다고 울음을 그칠 때까지 때렸다.

중학교 시절, 할아버지가 크게 아프시게 되면서 더는 할머니 집에서 살 수 없게 되자 가족들은 아빠에게 '서영이 더는 못 키운다. 네가 데려가서 키워라.'라고 했다. 그러자 아빠는 화를 내며 '그럼, 고아원에 보내.'라고 말씀하셨다. 그 말을 듣고 애써 울음을 참았지만, 눈물이 고여 겨우 눈을 깜빡거렸다. 그 말은 마음에 상처가 되어 깊숙이 박히게 되었다. 아무리 그래도 아빠로서 그런 말을 하면 안 된다는 생각이 들었다. 책임을 져야 하는 존재인데 서로 미루고 있으니 말이다.

중학교는 그래도 할머니 댁에서 무사히 졸업했다. 고등학교에 입학한 후 나는 아빠 집에서 지내게 되었다. 고등학교 1학년 시절은 나에게 너무나 힘든 시기였고 아빠는 항상 술을 마시고 집에 들어오셨다. 어느 날은 갑자기 술을 마시고 나에게 앉아보라고 하시더니 본인의 과거 이야기를 시작하셨다. 아빠의 과거 이야기는 한편으로 슬픈 것이었다. 하지만 갑자기 내게 과거 이야기 말고 본심을 말씀하셨다. "솔직히 말하면 네가 어렸을 때 너를 할머니 집에 버리고 온 것이다."라고 말씀하신 것이다. 나는 애써 무덤덤한 척했지만 사무치게 슬펐다.

나의 존재는 어느 곳에서도 환영받지 못하는 것 같았다. 엄마도 나를 키우고 싶어 하지 않으셨고 본인의 인생이 중요하다고 느끼셨으며 아빠 또한 나를 키우고 싶어 하지 않는다는 것을 인정한 것이니까. 너무나 큰 충격과 상처였다. 아빠가 한편으로 이해가 되면서도 '버렸다'라는 표현에 화가 많이 났다.

어느 날은 아빠가 심하게 때렸을 때 엄마 집으로 피했던 적이 있었다. 나는 엄마를 설득했다. 아빠가 자꾸 때리니까 무섭고 나도 앞으로 돈을 벌수 있으니 걱정하지 말아 달라고 말했다. 엄마도 잘 알아보면 양육비를 받을 수 있을 것이라고 말했으나 엄마는 다음 날 술을 마시고 "눈치껏 아빠 집에 갈 수 없겠느냐."라고 말했다. 나는 누구도 내 편이 없다는 생각이 들었다.

할머니 집에 살았을 때도 편하진 않았다. 할머니는 내가 말을 듣지 않으면 "너희 엄마 아빠는 이혼할 거면 그냥 이혼하지. 너를 왜 낳아서 나를 힘들게 하냐."라는 말을 하기도 하셨다. 중학교 2학년 때 왕따를 당한 적이 있었다. 전교에 친구도 없었고 도저히 내가 버티기 힘들어서 가족에게 울며 털어놨지만, 냉담하게 '왕따는 다 왕따당하는 이유가 있다.'라고 말하며 되레 내 성격이 문제가 있다고 지적했다.

그 이후로 성인이 되기까지 내 머릿속에는 왕따당하는 것은 다 이유가 있다는 생각이 뿌리 깊게 박혀있었다. 그래서 억지로 학교에 다녔는데 유일한 위로는 동아리에 있는 친구뿐이었다. 하지만 그 친구마저 나를 피하고, 나는 같이 다닐 친구가 없어졌다. 나는 생리한다고 거짓말을 하고 생리 조퇴로 서점에 종종 다녀오곤 했다. 따돌림을 당하는 이유가 내 성격이 이상해서라는 말이 뿌리 깊게 자리 잡아 계속해서 나를 힘들게 했다.

그 이후로 나는 청소년수련관에서 심리 상담을 받은 적이 있다. 그러나 그 상담에서는 별다른 도움을 받지 못했다. 내가 절실히 원했던 것은 아빠를 보기 싫었기에 아빠와 따로 사는 것이었다. 그러나 아빠와 내가 떨어져서 살 수는 없었기에 상담 선생님은 아빠랑 잘 맞춰서 지내보라고 조언해 주셨고 그 외에도 사이가 틀어진 친구와 다시 한번 화해해 보라고 하셨다. 그러나 화해 시도는 오히려 역효과를 냈고, 그 이후로는 상담을 잘 가지 않았다. '역시 상담은 도움되지 않는구나.' 하면서.

아빠는 나를 많이 때리는 바람에 아동학대 신고를 받기까지 했다. 그 이후로 아빠는 나를 때리지 않았다. 그러자 솔직히 화가 났다. 아빠를 보면서 지금까지 나를 안 때릴 수도 있었는데, 그동안 때려왔다는 사실에 너무나 화가 났다. 그때부터 나는 집에 잘 들어가지 않았다. 먼저 집이 편한 안식처라는 생각이 들지 않았고 아빠가 때리진 않아도 본인의 감정이 조절되지 않으면 심한 욕을 하기도 했기 때문이다. 나는 도제부여서 학교에 안 가는 날도 많았고 돈도 조금 생겼기에 집에 들어가지 않아도 됐었다.

점점 집에 들어가지 않았고 가족 모임에만 가끔 참여했다. 어느 날 갑자기 가족 모임에서 아빠는 술을 마시고 나에게 미안하다고 말씀하시며 우시는 모습을 보였다. 솔직히 당황스러웠다. 그리고 이전부터 나를 안 때릴 수 있었으면서도 때렸다는 사실이 너무 화가 났고 이제 와서 사과하는 것도 화가 났다. 하지만 사과는 한순간뿐, 그렇게 말하고 나서도 아빠는 오랜만에 집에 들어온 나와 아침에 우연히 마주치면 나를 때리지는 못하니 주먹을 꽉 쥐고 "어디서 몸 팔고 다니냐."라는 소리도 했다.

그렇게 나는 집에 들어가지 않게 되었고, 지금 아이의 친부를 만나게 되었다. 처음에는 정말 행복했다. 원래부터 외국에서 살고 싶었고, 여러 언어를 배우는 것이 나의 꿈이었다. 아기 아빠는 외국인이었고, 3개 국어를 할 줄 알아 더욱 흥미로웠으며 자연스럽게 호감이 갔다. 그는 처음엔 나를 잘 이해해 주고 다정하게 대해주는 사람처럼 느껴졌다. 내가 그와 함께 지낼 수 있도록 돈을 내주거나 멋진 곳에 데려가 따뜻한 밥을 사주었다.

무엇보다도, 난생처음으로 누군가가 친절하게 나의 이야기를 들어주었다. 집에서는 누구도 내 이야기에 관심을 두지 않았지만 그는 종일 내 이야기에 귀를 기울였다. 사춘기를 지나고 있던 나의 감정을 알아주는 유일한 사람이었다. 늘 긴장과 두려움이 감돌던 아빠가 있는 집에 들어가지 않아도 되는 임시 거처가 생긴 것만으로도 큰 위안이 되었다.

내가 임신 사실을 알렸을 때 그는 매우 기뻐했다. 아기 이름은 어떻게 지을지, 어디에서 살지 함께 고민하며 내 배를 쓰다듬어 주었다. 심지어 국제 전화를 걸어 자신의 가족에게 이 사실을 전하며 들뜬 목소리로 결혼할 여자가 생겼다고 소식을 전했다. 그의 부모님도 전화로 우리를 축복해

주었다.

하지만 친정 부모님에게 이 사실을 알렸을 때는 상황이 달랐다. 임신 7개월 차가 되어 용기 내어 말했지만, 가족은 낙태하거나 아이를 낳아 해외 입양을 보내라고 했다. 그러나 그와 그의 가족들은 정말 기뻐하며 나와 아이를 진심으로 환영해 주는 듯했다. 일반적으로 임신하면 온 가족이 축복하며 부모님이 기쁨의 눈물을 흘리기도 한다.

하지만 내 아이는 나처럼 태어날 때부터 누군가에게 축복받지 못할 거라는 사실이 너무 슬프고 미안했다. 그런 마음으로 아이의 태명을 '사랑'이라고 지어주었다. 태어나면 모든 사람에게 사랑받고 환영받기를 바라는 마음에서였다. 나만은 이 아이를 지켜줘야겠다고 생각하며 매일 밤 아이와 대화를 나누었다.

그러나 임신하고 아기와 마냥 행복했던 것은 아니었다. 그는 임신 10주차가 지나서야 자신이 불법체류자라는 사실을 털어놓았다. 그는 외도를 즐겼고, 나를 혼자 두고 밤을 새우기도 했다. 우리는 게스트하우스에서 지냈는데, 월세가 밀리기 시작했다. 그는 일할 수 없었고 나는 만삭의 몸으로 전단지를 돌리는 아르바이트를 해야 했다. 하루 3시간씩 서서 일하다 보니 다리는 항상 코끼리 다리처럼 퉁퉁 부어있었다.

그러던 어느 날, 무리해서인지 진통이 왔다. 나는 근처 대학병원에 입원하게 되었다. 엄마는 그때 나를 찾아왔고 나는 그에게 다음날 외삼촌과 외숙모, 외할머니가 병문안을 올 예정이니 꼭 오라고 말했다. 그는 우리 엄마에게 택시비까지 받아 가며 알겠다고 약속했지만, 정작 다음 날 그는 얼굴을 비추지 않았다.

하루 종일 그와 연락이 되지 않았고 나중에야 내가 아르바이트를 하며 번 돈을 가지고 친구들과 클럽에 갔다는 사실을 알게 되었다. 나는 무척 분노했지만, 아이가 태어날 날이 얼마 남지 않아 꾹 참을 수밖에 없었다.

며칠 뒤, 출입국 관리소 직원들이 게스트하우스로 찾아왔다. 누군가 그의 불법체류 사실을 신고한 것이다. 그는 결국 잡혀갔다. 벼랑 끝에 선 기분이었다. 갈 곳도, 기댈 곳도 없는 상황이 너무 슬펐다. 그나마 마지막까지 의지했던 아이 아빠마저 사라졌기에 나는 뭐라도 붙잡는 심정으로 급히 미혼모 시설을 검색했다. 다행히 미혼모 시설에서는 바로 입소할 수 있다고 했다. 나는 다른 선택의 여지가 없었고, 곧바로 입소를 결심하게 되었다.

17살, 나는 미혼모 시설에 들어갔다

그렇게 나는 미혼모 시설에 들어가게 되었고, 아이 아빠는 출입국관리소의 외국인 보호소에 수감되었다. 그의 짐을 내가 모두 싸서 화성까지 가져다준 기억이 있다. 보호소에서 들은 답변은 그가 한국에서 혼인신고를 하지 않았으므로 그를 풀어줄 방법이 없다는 것이었다. 나는 극심한 스트레스를 받게 됐고 배가 자주 딱딱하게 뭉쳤다.

결국 미혼모 시설에 입소한 지 일주일도 채 되지 않아 병원으로 아이를 낳으러 가게 되었다. 새벽 시간 병원에 도착했을 때, 솔직히 준비되지 않아 너무나 두려웠다. 병실을 바라보니 다른 산모들은 남편과 함께 있었지만 나는 홀로였다. 나를 데려다주신 선생님은 시설에 상주해야 했기에 입원을 도와주시고 바로 떠나셨다. 그 순간 나는 두렵고 외로웠다. 미혼모 시설에서 왔다는 걸 알고 있는 병원 관계자들은 나에게 입양을 보낼 계획인지 물었다. 그 질문은 내 마음을 깊이 아프게 했다.

아이를 낳고 미혼모 시설에서 지원하는 산후조리원에 일주일간 머물렀지만, 아이를 낳았다는 사실이 실감 나지 않았다. 앞으로 어떻게 살아야 할지 참 막막했다. 조리원에서 다른 산모들이 남편과 함께 있는 모습을 보면 무척 부러웠다. 조리원 직원들도 내가 시설에서 왔다는 사실을 알고 있어서 입양 계획을 다시 묻곤 했다. 나도 모르게 자꾸 기가 죽어만 갔다.

혼자라서 누군가에게 물어보기도 어렵고 마사지 한 번 받지 못한 채 조리원을 떠났다. 일주일 후, 미혼모 시설에 상주하는 간호 선생님께서 나와 아이를 데리러 오셨다. 우리는 다시 시설로 돌아갔다. 아이가 출산 예정일 전에 태어나서 내 방은 아직 준비되어 있지 않은 상태였다. 아이를 선생님께 잠시 맡기고 방을 정리한 뒤 처음으로 아이와 단둘이 시간을 보냈다. 그제야 내가 아이를 낳았다는 사실이 조금씩 실감 났다.

처음으로 아이의 기저귀를 갈 때는 정말 막막했다. 알려줄 사람이 아무도 없어서 유튜브 영상을 찾아보며 하나하나 따라 했다. 목욕시키는 방법도 조리원에서 한 번 직접 보면서 배웠다. 하지만 아이가 너무나 작아 만지면 부러질까 봐 무서웠다. 유튜브를 반복해서 보며 겨우 목욕을 해냈다.

아이는 또 얼마나 자주 먹는지, 위가 작아서 하루에 2~3시간 간격으로 수유해야만 했다. 새벽마다 알람을 맞추고 깨는 것은 고된 일이었다. 어느날은 너무 피곤해서 아이의 울음소리를 듣지 못했고, 시설에 상주하시는선생님께서 나를 깨워주셨다. 새벽에 혼자 눈물을 흘리는 날도 많았다. 아무도 도와주지 않는 상황이 서러웠다.

　시설에 있는 친구들은 나보다 상황이 나아 보였다. 가족들과 연결되어있어 면회를 오거나 아이를 돌봐주는 가족도 있었다. 외박을 하면 집으로돌아가는 친구들도 있었다. 아이에게 예쁜 장난감을 본인 돈으로 사주는것도 매우 부러웠다. 나는 시설에서 지원받는 장난감이나 후원 물품으로들어온 중고 장난감을 깨끗이 닦거나 빨래해서 썼다. 물론 아이는 금방 크기 때문에 모든 물건을 살 수는 없지만, 작은 장난감 하나조차 내 돈으로사주지 못하는 현실은 가슴 아팠다. 다른 친구들 중에는 시설에 있는 학교에 다니며 공부하거나 대학을 준비하는 친구들도 있었다. 그중에는 퇴소후에 돌아갈 집이 있는 아이들도 있었는데, 나는 그 사실이 부러웠다.

　한 번은 추석을 시설에서 보낸 적이 있었다. 다른 엄마들은 가족들의 집에 가고 시설이 텅텅 비어 있었을 때 얼마나 서러웠는지 모른다. 아기띠를매고 밖으로 나가면 세상이 나 없이도 잘 돌아간다는 생각이 들었다. 바쁘게 움직이는 사람들과 멀쩡히 돌아가는 세상을 보면 나는 마치 톱니바퀴

에시 빠진 부품 같았다. 쓸모없고 버려진 존재처럼 느껴졌다.

그래도 감사한 것도 얼마나 많았는지 모른다. 아이와 함께 지낼 수 있는 공간이 있다는 것만으로도, 삼시 세끼 밥을 먹을 수 있다는 것만으로도 감사했다. 필요한 물건들은 제한적이었지만 물티슈, 분유, 기저귀를 받을 수 있다는 사실에 감사했다. 아이와 함께 추운 겨울에 밖에 나앉아 있지 않고 보일러를 틀어 놓은 따뜻한 방에서 지낼 수 있다는 게 얼마나 감사했는지 모르겠다. 게스트하우스에서 지낼 때는 빨래를 제대로 할 수 없었고, 밥을 어떻게 해결해야 할지 늘 고민했다. 하루하루 돈을 내야 했고 그 돈이 점점 바닥나 걱정이 많았다.

하지만 시설에서 지내면서 기본적인 생활을 할 수 있었기에 감사했다. 시설에서 아이를 위해 열어줬던 백일 잔치는 행복한 기억으로 남아 있다. 시설에서 상주하던 선생님께서 아이를 돌봐주셨기에 엄마들과 프로그램에 참여할 수 있었다. 꽃꽂이, 집단 상담, 교회 봉사자들과 하늘공원으로 놀러 간 일, 예배를 드리고 나서 엄마들과 맛있게 먹었던 음식들, 대학생분들의 재능봉사로 액세서리 만들기 프로그램까지. 사회복지사 선생님들과의 대화는 큰 위로가 되었고, 이 모든 따뜻한 이야기는 여전히 기억 속에 남아 있다.

시설에서 지내는 동안 아이 아빠와 자주 연락하며 영상통화로 아이를 보여줬다. 그는 중간중간 나에게 인권위원회나 한국에 있는 모로코 대사관에 연락해 자신이 한국에 돌아갈 수 있는 방법을 찾아보라고 재촉했다. 그때의 나는 아이 아빠와 아이를 함께 키우고 싶다는 간절한 마음이 컸다. 그래서 다방면으로 방법을 알아보았다. 아이 아빠는 내가 만 18세가 되는 해, 부모님의 동의 없이 여권을 만들 수 있을 때 모로코에 오라고 했다. 그와 그의 가족들과 영상통화를 하면 아이를 보고 기뻐하며 반가워했다. 아이 아빠는 한국에 있을 때 자신이 모로코에서 잘사는 집안이라고 말하며 안심시켰다.

난 그 말이 거짓말이라는 걸 알지 못했고, 모로코에 가면 걱정이 줄어들 것이라 믿었다. 나는 한 달 뒤 한국으로 돌아올 예정이었기 때문에 잠시 그의 가족들을 만나고 오는 것을 목표로 삼았다. 한국에 돌아와 학업을 재개하기 위해 검정고시와 자격증을 취득할 수 있게끔 사회복지사 선생님께서 함께 도와주셨다. 나와 같은 학교 밖 청소년을 지원해 주는 곳이 있어서 자기소개서도 쓰고 지원을 받을 수 있는 방법을 알아보기도 했다.

어느 날, 그에게서 연락이 왔다. 그의 아버지가 경제적으로 조금 힘들어져 비행기 삯을 전부 댈 수 없다며 이렇게 말했다. "네가 한국에서 매달 받는 아동수당과 양육 수당 30만 원 중 20만 원씩 모아 비행기 삯을 보태 쓰겠다."라고 했다. 나는 없는 돈을 어렵게 끌어모아 20만 원을 웨스턴 유니온으로 송금했다. 하지만 모로코에 가서 알게 된 사실은 충격적이었다. 그 돈은 본인이 개인적으로 사용했고, 그의 아버지가 돈을 전부 부담해서 모로코에 가는 항공권을 예매해 준 것이었다.

어쨌든 모로코로 가는 항공권이 마련되었고 나는 2주 전부터 준비를 시작했다. 모로코에서 사용할 짐을 모두 캐리어에 쌌다. 한국으로 돌아오는 비행기가 한 달 뒤였기에, 그 기간 동안 필요한 짐을 꼼꼼히 챙겼다. 또한 시설에서 방을 비워줘야 했고, 퇴소 절차도 밟아야 했다. 남은 짐은 전부 싸서 시설 창고에 보관했다. 보관해 줄 수 있는 곳이 마땅치 않았기 때문이다.

그렇게 2020년 1월 중순에 모로코로 향하는 비행기를 탔다. 혼자 4개월 된 아이를 아기띠에 매고, 두 개의 큰 캐리어를 공항까지 가지고 가기에는 무리였다. 다행히 복지사 선생님께서 도와주셔서 인천공항까지 무사히 도착할 수 있었다. 비행기 타기 전, 선생님과 함께 먹었던 햄버거가 아직도 기억에 남는다. 시간이 다 되어 선생님과 환하게 웃으며 인사를 나누고, 튀르키예행 비행기를 기다렸다. 아기띠에 아이를 매고 기저귀 가방을 든 채로 이동하는 것은 무척 무겁고 힘들었지만, 오랜만에 만나는 아이 아빠와 그의 가족들에게 환영받을 생각에 마음이 설렜다.

그렇게 큰 기대를 품고 비행기에 올랐다. 튀르키예 공항에서 약 3시간 정도를 기다렸고 직항이 없기에 경유해서 모로코행 비행기에 올라탔다. 엄마 홀로 아이와 장시간 비행은 무척 힘들다는 것을 그때 알게 되었다. 하지만 모로코의 카사블랑카 공항에 가까워지면서 모든 피로가 설렘으로 바뀌는 것을 느꼈다. 마침내 입국 수속을 마치고 입구에 나오자, 아이 아빠와 그의 어머니가 마중 나와 우리를 기다리고 있었다.

심연의 늪에 빠지다

일반적으로 사람은 환경을 스스로 통제할 수 없을 때 불안감과 스트레스는 더욱 심각해진다. 나는 모로코에 있을 때 굉장한 무력감을 느꼈다. 처음 모로코에 도착했을 때는 만족감도 느꼈다. 한 달 뒤에 한국으로 돌아가는 비행기 티켓이 있었기 때문이다.

나는 아이 아빠의 가족들과 만나 우리 아이를 보여주고 싶었다. 한 번도 만나지 못한 아이를 보여주며 가족들과 시간을 보내고, 모로코의 아름다운 여행지도 이곳저곳 구경한 뒤 다시 한국으로 돌아갈 계획이었다. 하지만 모로코에 도착한 지 얼마 지나지 않아 그의 가족들은 '유전자 검사'를 하자고 요구했다.

지금 생각해 보면, 내가 한국에서 혼인신고를 하지 못하는 나이였기 때문에 결혼 비자를 어떻게든 받기 위해 친자라는 사실이라도 증명하고자 했던 것 같다. 모로코에 도착한 지 3일 만에 유전자 검사를 했다. 검사 결과가 나오자마자 대사관으로 향했다. 그러나 대사관에서는 그의 딸이라는 사실은 확인되었지만, 한국에서 정식으로 혼인한 관계가 아니기 때문에 비자 신청을 할 수 없다고 말했다. 집으로 돌아오는 길에 나는 그와 차 안에서 크게 말다툼을 했다. 그는 내 나이가 부모님 동의 없이 혼인신고를 할 수 있는 나이가 될 때까지 기다리자고 말했다. 결혼 비자를 받고 함께 한국에 돌아가자며 우겼다.

그는 부모님에게 내가 한국에 돌아가면 도망갈 것 같다고 이야기했다. 그 말을 들은 그의 부모님까지 나서서 온 가족이 나를 설득하기에 이르렀다. 나는 내 계획을 말했다. 한국으로 돌아가면 미혼모 시설에 다시 들어가서 검정고시로 고등학교 졸업장도 받고, 일을 시작하고, 나이가 되면 내가 한국에서 서류를 준비해 그가 돌아오는 게 훨씬 낫지 않겠냐고 했지만, 아예 말이 통하지 않았다. 결국 그의 어머니가 울면서 "한국에 제발 같이 가 달라."고 부탁하셨다.

그가 사는 도시 '메크네스'는 공항과 멀었고, 차 없이 아이와 함께 이동하기에는 너무 어려운 상황이었다. 현실적인 이유들로 결국 내 계획을 포기혜야 했다. 게다가 나는 언제든지 원하면 다시 한국으로 돌아갈 수 있으리라 믿었다. 그렇게 내 첫 한국행 비행기를 떠나보냈다. 그 후 코로나로 인해 공항이 완전히 봉쇄되었고, 비행기를 탈 수 있는 기회마저 사라졌다.

메크네스는 모로코에서 크게 유명한 도시는 아니었다. 수도와도 멀었고 외국인은 더더욱 드물었으며 동양인은 아마도 그 동네에서 나 한 명뿐이었을 것이다. 아이 아빠나 그의 어머니와 걸어 다닐 때 인종차별을 당하기도 했다. 게다가 코로나 시국도 겹쳐서 23일 동안 밖에 한 발짝도 못 나간 적이 있다. 평소에도 문화적 차이로 인해 혼자 나갈 수도 없었다. 걸어서 5분 거리에 있는 ATM에 가는 일조차 내가 외국인 여성이기에 위험하다며 혼자 나가지 못하게 했다.

한 달에 두어 번 정도 그의 어머니와 산책했다. 하지만 그것조차 자유롭지 않았다. 산책을 하려면 그의 동의가 필요했다. 어머니와 산책을 약속했더라도 그가 갑자기 안 된다고 하면 나는 나갈 수 없었다. 왜냐하면 나는 그의 아내니까.

나는 기의 일주일 중 5일 정도는 집에서만 보냈다. 날씨는 무척 더웠고 무기력해져 갔다. 가장 편안해야 할 집에서조차 마음을 놓을 수 없었다. TV를 틀면 온종일 알아들을 수 없는 아랍어만 흘러나왔다. 가족들과 위생 관념이 달랐기 때문에 틈만 나면 아이를 양육하는 방식에 대해 갈등을 빚었다.

거기에다가 그의 가족들은 평소에도 내게 혼인 비자를 받을 수 있는 다른 방법을 찾아보라며 끊임없이 압박했다. 심지어 그는 내가 한국에서 가져온 휴대폰을 팔라고 요구했다. 팔지 않으면 밖에 나갈 수 없다고 했고 결국 협박에 못 이겨 휴대폰을 팔아야 했다. 이후 그의 휴대폰을 같이 쓰게 되었다.

그가 휴대폰을 가지고 외출하는 날이면 나는 친구들과 메신저도, 통화도 사용할 수 없었다. 한국에 연락하는 것 자체가 불가능했다. 이로 인해 한국에 돌아갈 준비를 할 때도 불편을 겪었다. 돈은 점점 떨어져 갔고, 그는 친구들에게 돈을 빌리라고 강요했다. 그때도 마찬가지로 돈을 빌리지 않으면 밖에 나갈 수 없다고 협박을 했다. 심지어 번역기를 돌려가며 진짜 메시지를 보냈는지 내용을 확인하기까지 했다. 너무 괴로웠던 나는 그가 없을 때 몰래 친구들에게 메시지를 보냈다. 내가 돈을 빌려달라고 연락하면 그가 시킨 것이기 때문에 절대 빌려주지 말라고 했다.

집 안에서는 종일 아랍어만 들렸고, 시부모님들과의 대화는 수월하지 않았다. 집에서는 남자가 우선시되었으며 음식을 먹는 것도 점점 힘들어졌다. 입맛에 맞지 않아 결국 9kg가 빠졌다. 매콤한 한식이 너무나 그리웠다. 모로코에는 한국 사람이 거의 살지 않기 때문에 한식당에 가려면 자동차를 타고 3시간을 가야 했다.

하지만 혼자 외출하는 건 상상조차 할 수 없었다. 심지어 쓰레기를 버리러 나가는 것조차 할 수 없었다. 어딜 가든지 모든 사람이 나를 쳐다봤고 인종차별을 당하기 일쑤였다. 사람들과 대부분 말이 통하지 않았고(모로코는 불어와 아랍어를 쓴다. 영어를 잘하는 사람들은 아주 간혹 있다.) 교통이 발달되어 있지 않기 때문에 그 도시에서 다른 도시로 자동차 없이 혼자 이동하는 건 상상조차 할 수 없는 일이었다.

어느 날 그의 친척 집에 모두 함께 놀러 간 적이 있었다. 그곳은 정말 시골이었다. 아무것도 없는 곳. 그런데 그는 나를 친척 집에 남겨두고 시골친구들을 만나러 나갔다. 나는 그가 없으면 너무 답답했기 때문에 제발 나가지 말라고 애원했었다. 아니면 나를 데리고 같이 나가달라고 부탁했다. 하지만 그는 홀로 나가버렸다. 낮에 나가서 밤 10시가 넘어서야 돌아왔다. 그날 나는 화장실에 숨어 펑펑 울었다. 그의 친척들은 영어를 아예 하지 못했다.

나는 완전히 이방인이었고, 마치 동물이 된 느낌이었다. 그들은 내가 집안을 돌아다닐 때마다 신기하다는 듯이 쳐다봤다. 나는 보호자가 돌아오길 바라는 '강아지'가 된 느낌이었다. 아무것도 하지 못하는 이 땅에서 '죽고 싶다'라는 생각을 처음 하게 된 순간이었다. 그런데 아무리 생각해 봐도 내가 여기서 죽으면 아무도 나를 찾지 못할 것이고, 죽어서도 한국 땅을 밟을 수조차 없다는 아찔한 생각이 들었다. 결국 '내가 죽더라도 꼭 한국 땅을 밟아야지.'라고 결심하게 됐다.

코로나 상황이 점점 잠잠해지면서 2020년 7월 15일에 공항이 다시 열렸다. 하지만 내 비자는 8월 5일에 만료되는 상황이었다. 나는 불법체류자가 되면 안 된다는 사실을 계속해서 그에게 강조했다. 그가 계속 외출만 하고 내 이야기를 피했기 때문에 제대로 이야기하기 시작했다. "나는 나이가 어리기 때문에 신용카드도 없고, 네가 내 휴대폰을 팔았으며, 네가 갚기로 하고선 내 엄마에게 돈을 몇 번이나 빌렸기 때문에 돈을 마련할 수가 없어. 그리고 우리 엄마에게 마지막으로 비행기 삯을 내줄 수 있냐고 물었을 때 엄마도 경제적으로 상황이 힘든 상황이라 내줄 수 없고, 현재 나는 비행기 삯을 마련할 수가 없어."라고 이야기했다. 그는 "우리 부모님이 내주실 거야."라고 둘러대며 이야기를 회피했다.

계속해서 진전이 없자, 그가 외출한 틈을 타 그의 어머니에게 번역기를 사용해 물었다. "항공권을 언제쯤 사주실 수 있어요?" 그의 어머니는 "무슨 말인지 모르겠다. 나는 네 어머니가 내주는 걸로 알고 있었다."라고 하셨다. 알고 보니 그가 중간에서 거짓말을 한 것이었다.

나중에 ㄱ의 어머니는 나에게 대사관에 도움을 요청하라는 이야기와 함께 친구들에게 빌려보라고 하셨다. 빌려주지 않는 친구들은 진짜 친구, 좋은 친구가 아니라고 말했다. 내가 "만약 돈을 빌리게 되면 제가 어떻게 갚아요?"라고 묻자, 어머니는 "빌리고 네가 일해서 천천히 갚으면 된다."라고 하셨다. 그들은 내가 처한 상황에 대한 이해나 책임감 없이 터무니없는 주장을 계속했다.

　처음에는 아이 아빠와 관계를 잘 유지하고 싶었다. 어릴 적부터 나의 목표는 행복한 가정을 이루는 것이었다. 나는 이혼 가정에서 자라면서 아팠던 기억이 많았기 때문에 내 딸만큼은 한부모 가정으로 키우고 싶지 않았다. 나와 같은 아픔을 물려주고 싶지 않았다. 그래서 바람을 피우거나 여러 가지 문제 행동을 눈감아 준 적도 있었다. 나는 아빠가 아이에게 있어서 꼭 필요한 존재라고 믿었다.

　하지만 모로코에서 그의 실망스러운 행동으로 인해 관계는 점점 틀어질 뿐이었다. 그리고 그럴 때마다 그는 나를 가스라이팅했다. "네가 한국으로 돌아가도 나는 비록 한국에 가지는 못하지만, 우리 부모님이 한국에 가서 너를 꼭 찾아낼 것이다.", "너는 아이도 있는데 한국에 돌아가서 나 말고 사랑해 줄 남자는 없을 거다."라는 말을 자주 했었다. 만약 내가 한국으로 도망가면 진짜 잡힐까 봐 무서웠다. 점점 정신적으로 지쳐갔다.

그는 나를 집에 두고 자주 외출, 외박을 했다. 어느 날 그는 바람을 피운 사실이 들킨 적이 있었다. 내가 따져 묻자 말싸움으로 번졌고 그는 나를 손찌검했다. 그의 어머니는 그의 편을 들었다. 이전에도 오해가 생겼을 때 내 말은 듣지도 않고 무작정 나를 때린 적이 있었다. 그때도 그의 어머니는 오히려 "모로코에서 스트레스가 많아서 그렇다. 한국에 다 가면 괜찮아질 것이다."라며 그를 감싸기만 했다. 어머니는 사랑하기 때문에 싸우는 것이고, 사랑하기 때문에 질투하는 것이라고 말했다. 그는 내가 한국에서 여자인 친구를 만나는 것조차 싫어했다. 이런 억압적인 상황에서 나는 점점 더 고통스러워졌다.

그날 나는 차라리 밤에 도망가 경찰에 신고하고 싶다는 마음이 들었다. 가끔 산책하면서 동네에서 본 경찰서를 기억하고 있었기 때문이다. 그러나 그의 어머니는 현관문을 잠그고 열쇠를 숨겨버렸다. 내가 밖으로 나가려 하자 나가지 못하도록 막은 것이다. 그리고 그는 같이 쓰던 휴대폰마저 숨겨서 친구들에게 연락조차 할 수 없었다.

그는 한국에서 나를 손찌검하지 않았지만, 모로코에 오고 나서는 손찌검을 하기 시작했다. 내 생각에는 아무래도 한국에서는 내가 경찰의 보호를 받을 수 있지만, 모로코에서는 보호받기 힘들고 언어가 통하지 않아 도움을 받기 어렵기 때문에 도망가지 못한다는 것을 명확히 알고 있어서 손찌건하기 시작한 것 같다.

그날 새벽, 나는 베개를 적셔가며 울었다. 정말 미친 듯이 울었다. '내가 한국에 가면 이런 대접을 받고 살지 않을 텐데. 내 의지대로 밖에 나갈 수 없고, 내 편이 아무도 없구나.' 고등학교 졸업도 못 한 채 아이 아빠만 바라보고 이 나라에 왔지만, 밖에 놀러만 다니고 심지어 바람까지 피우다니. 그렇게 힘든 날 나는 누구에게도 호소할 수 없었다.

정말 그때의 기분은 이루 표현할 수가 없다. 6개월 동안 모로코에서 겪은 모든 일들이 마음에 쌓여 있었다. 바람을 용서하며 수많은 기회를 줬지만, 그는 바뀌지 않았다. 허탈함과 한국에 대한 그리움이 한꺼번에 밀려왔다. 나는 목 놓아 울었다. 그때 생각한 건 '나는 한국에서 이런 대접을 받으며 사는 사람도 아니고 이 사람은 경제적 능력도 없고 일할 생각도 없다. 폭력적인 데다가 나도 때리는데 내 아이라고 안 때리겠어?' 결국 혼자 키우는 게 훨씬 안정적일 것이라는 결론에 도달했다. '나는 진정 이 사람을 원치 않는구나. 이 사람은 아빠의 자격이 없구나.' 하며 밤새 울었다.

한국에 돌아가는 게 꿈이었어

　나는 모로코에서 6개월을 살게 되면서 탈출을 꿈꾸게 됐다. 공항이 열리고 나는 불법체류자가 될 위기에 놓였다. 더 이상 이곳에서 살 수가 없었다. 일단 나는 도움을 받을 수 있는 기관이 있는지 열심히 검색하고 대사관에도 전화를 걸었다. 하지만 가족이나 지인의 도움 없이는 해결이 어렵다는 답변만 돌아왔다.

　그러던 중, 아이 아빠가 나를 심하게 폭행했던 다음 날 그가 외출한 틈을 타서 그의 아버지에게 휴대폰을 빌렸다. 아이 아빠에게 전화를 건다고 말해놓고 이전에 메모해 두었던 24시 한국 영사 콜센터로 전화를 걸었다. 긴 통화를 할 수 없는 상황이라 최대한 간략하게 정보를 전달했다. 나의 이름, 아이 이름, 현재 거주 중인 도시와 생년월일 등을 빠르게 전달했다.

그러나 그의 어머니는 무언가 눈치를 챘는지 내 방으로 들어왔다. 어디에 전화를 하고 있는지 물으며 빨리 끊으라는 눈치를 주었다. 나는 영사콜센터에 "길게 통화할 수 없다."라고 말하고 급히 전화를 끊었다. 그의 어머니는 다시 어디에 전화를 했냐고 물었다. 내 손과 목소리는 떨리고 있었다. 평소와 다르게 전화하고 있으니 이상했던 모양이다. 나는 '한국 은행'에 전화를 했다고 대충 둘러댔다. 그렇게 일단락되었지만 그 순간의 긴장감은 쉽게 가라앉지 않았다.

영사 콜센터에 전화를 건 날은 모로코의 주말이었다. 사실 그 전부터 가족들은 나의 불법 체류에 관해 이야기하며 아이 아빠와 혼인신고를 하면 비자를 연장할 수 있을 것이라고 말했다.(당시 모로코에서는 혼인신고를 할 수 있는 나이였다.) 다음 날이 평일이라 대사관에서 필요한 서류를 받기 위해 자동차도 빌려두었다.

다음 날 나는 아이 아빠와 그의 아버지와 함께 대사관으로 향했다. 대사관까지 가는 길은 대략 3시간이 걸렸다. 가는 도중 실무관님에게서 전화가 왔다.(이전에 여권을 잃어버린다거나 혼인신고 관련해서 전화도 자주 했던 분이라 안면이 있다.) 실무관님은 영사 콜센터에서 신고 접수가 되었던 내용을 오늘 들었다며 괜찮냐고 하셨다. 나는 지금 대사관으로 가는 중이고 도착해서 이야기하겠다고 답했다.

대사관에 도착하자 실무관님은 나에게만 조용히 입 모양으로 괜찮냐고 물으셨다. 나에게는 한국어로 영사님께서 일단 신고를 했으니 만나서 이야기하고 싶다고 하셨다면서 나만 따로 영사실에 들어가서 이야기하자고 했다. 아이 아빠에게는 아랍어로 영사님이 혼인신고 준비 관련해서 서영에게 따로 물어볼 게 있다고 설명해 주셨다.

나만 영사실로 들어가게 되었고 영사님, 실무관님과 함께 이야기하게 되었다. 오랜만에 만나는 한국 사람들이었다. 한국어로 말하면 통하는 게 너무나 기뻤다. 그간 있었던 일들을 털어놓는 동안 하염없이 눈물을 흘렸다. 영사님은 내 상황을 자세히 듣고 나서 도움을 줄 가족이나 지인이 있는지 물으셨다. 나를 도와줄 가족도 없고, 친구들은 이제 막 20살이라 돈이 있는 지인도 없다고 답했다. 영사님은 일단 내 가족과 연락할 수 있도록 연락처를 남겨달라고 하셨다. 나는 가족 연락처와 내 연락처를 남기고 기본증명서 등의 필요한 서류를 준비한 뒤 집으로 돌아왔다.

그날 이후 나는 아이 아빠가 자거나 외출했을 때 몰래 영사님과 카카오톡으로 연락을 주고받았다. 가장 감동이었던 건, 영사님이 내가 그와 휴대폰을 공유해서 사용한다는 사실을 알고 "새벽이라도 좋으니 언제든지 연락하라."라고 말씀하셨던 것이다. 영사님은 내 가족과 연락이 닿지 않았다며 다른 방법을 찾아보겠다고 하셨다.

다행히 다른 방법을 찾아주셨고, 나는 상세 경위서를 작성해야 했지만 직접 작성할 수 없는 상황이라 카카오톡으로 내용을 보냈고 영사님이 출력해 주셨다. 내가 그 서류에 사인을 해야 하는 날, 나는 아이 아빠에게 기본증명서와 관련 서류가 준비되었다고 말하며 대사관으로 향했다. 영사님과 내가 잠시 대화를 나누고 사인을 하는 동안 실무관님께서(실무관님은 어려서부터 모로코에서 사셔서 모로코 문화와 말을 아주 잘하신다.) 아이 아빠를 밖으로 데리고 나갔다.

대사관에서 무사히 사인을 한 뒤, 아이 아빠와 점심을 먹던 중 갑자기 "실무관님에게 다 들었다."라며 솔직히 말하라고 했다. "내가 너를 때린 걸 신고하고 한국에 가려고 준비하고 있다는 사실을 다 알고 있다"라고 했다. 그가 나를 떠보려 한다는 생각이 번쩍 들었다. 나는 당연히 실무관님께서 그런 이야기를 하지 않았음을 알고 되려 차분히 대답했다. "무슨 말이냐, 나는 그런 말을 한 적도 없고 모로코에서 혼인신고를 잘 준비하고 있지 않느냐." 그렇게 의심을 넘겼다.

사실 글로 적어서 짧아 보이는 감이 있지만, 이 과정은 한 달에 걸쳐 준비했다. 그동안 아이 아빠는 갈수록 의심이 심해졌고 항상 나를 떠봤다. "네가 한국에 가면 반드시 너를 찾을 거야."라고 자주 말했다. 나는 행동을 더욱 조심하며 몰래 영사님과 연락을 이어갔다. 또한 한국에 돌아갈 준비를 하는 과정에서 그의 어머니가 군의관이고 아버지가 장교라는 그의 말이 사실이 아님을 알게 되었다. 그의 가정사와 관련된 수많은 거짓말도 드러났다.

모든 준비가 끝났을 때, 그의 가족들은 내 여권과 아이의 여권을 가지고 있었다. 영사님은 경찰을 동행해야 할지, 여권은 어떻게 가져와야 할지, 나와 아이를 메크네스에서 대사관까지 어떻게 안전하게 데려올지 고민하셨다. 결국 실무관님이 아이 아빠에게 전화해 내일 혼인신고 관련해서 영사님과 이야기를 나눌 예정이라고 전달하며 그의 아버지와 아이를 데리고 내 여권과 딸 소피아의 여권도 꼭 가지고 오라고 했다. 나는 영사님과 개인 카카오톡으로 연락했다. 영사님은 나에게 내일 분리가 될 예정이고 가능하면 짐은 되는대로 많이 가져오라고 하셨다. 대놓고 짐을 다 싸게 되면 가족들이 알게 되어 대사관조차 가지 못할 수 있으므로 몰래 준비해야 했다.

나는 잠을 제대로 못 잤다. 새벽에 일찍 일어나서 소피아의 기저귀 가방에 기저귀랑 젖병 등 되는대로 최대한 많이 집어넣었다. 가족들이 보지 않을 때 짐을 챙겼는데도 얼마나 떨렸는지 모르겠다. 가는 길에도 그는 왜 다 같이 오라고 했는지 모르겠다며 의심했지만, 나는 너 없이 한국에 가지 않을 거라고 안심시켰다. 그들과 함께 영사실로 들어가게 되었고, 영사님은 차분하게 설명했다.

"한국에서는 미성년자이기 때문에 혼인신고를 할 수 있게 도울 수 없고, 아이와 서영은 불법체류자가 되었기 때문에 보호할 의무가 있으며 안전하게 한국으로 보낼 것이다."라고 말씀하셨다. 영사님은 그들에게 오늘부터 아이와 나는 근처 호텔에서 머무를 것이며 짐을 싸서 대사관으로 보내달라고 얘기했다. 그렇게 그들과 헤어졌다. 영사님은 그들이 출발하고 나를 꼭 안아주셨다. 그동안 정말 고생 많았다고 하시면서.

나는 대사관 근처에 있는 호텔로 들어가게 되었고 다행히 며칠 머무는 동안 사용할 수 있는 아이 용품과 생필품을 제공받았다. 그러나 그 와중에도 아이 아버지와 가족들은 계속해서 연락을 보내왔고, 나는 다 무시했다. 또한 다음 날 그들이 내 짐을 싸서 캐리어를 들고 대사관에 왔다. 나와 아이를 한 번 더 보고 가고 싶다고 했었다고 한다. 다행히 그들이 위치도 알 수 없게 보호해 주셨다. 그리고 영사님께서는 아이도 먹을 수 있는 계란볶음밥과 육개장 컵라면, 김치를 들고 호텔로 오시기도 했다. 정말 감동이었다. 오랜만에 먹는 맛있는 한국 음식이었다. 아이 음식까지 챙겨주셔서 얼마나 감사했었던지 모른다.

사실 영사님은 내 가족관계증명서를 이전에 봤다고 하셨다. 우리 엄마와 자신이 동갑이라 그런지 나를 딸 같다고 하시면서 살뜰히 보살펴 주셨다. 뭐가 가장 먹고 싶냐고 해서, 스타벅스에 있는 아이스아메리카노가 너무 마시고 싶다고 했다. 내가 지냈던 도시에는 스타벅스도 없고 아이스아메리카노가 없었기 때문이다. 영사님은 스타벅스에서 아이스아메리카노를 사주시고 산책도 함께 했다. 보호하는 것을 떠나서 딸처럼 잘 돌봐주신 영사님께 정말 감사했다.

그렇게 나흘 정도 호텔에서 보내고 5일째에 귀국하는 비행기가 있었다. 영사님과 실무관님께서 데리러 오셨다. 나는 라바트에 있는 공항으로 가게 되었고 두 분은 마지막까지 내가 안전하게 갈 수 있도록 도와주셨다. 나는 라바트에서 프랑스로 가는 비행기에 탔지만, 이 사실이 믿어지지 않았다. 프랑스에 도착해서 3시간을 기다린 뒤 한국으로 가는 비행기에 올라탔다. 나는 그제야 실감이 나기 시작했는데 오히려 기분이 이상했다. 이날만을 기다려 왔기 때문에 후련하고 눈물이 날 줄 알았지만 그렇지는 않았다. 오히려 '내가 잘한 걸까? 나 앞으로 어떻게 살아가야 하지?'라는 생각이 덮쳐왔다.

한국에 도착해서 영사님께 카카오톡으로 잘 도착했다고 알렸다. 익숙한 말소리, 익숙한 한글 간판이 눈에 들어왔다. 공항에 도착하자 드디어 한국에 왔다는 게 믿어지고 너무나 신기했다. 너무나 그리워했던 한국….

죄책감이 밀려오다

　한국에만 돌아오면 마냥 행복해질 것이라고 기대했지만, 현실은 전혀 그렇지 않았다. 한국에 도착하자마자 코로나 시국으로 인해 엄마 집에서 2주간 격리해야 했고, 이후 미혼모 시설로 다시 들어가야 했다. 모로코에서 한국으로 돌아오기 한 달 전부터 나는 끊임없는 악몽에 시달리기 시작했다. 한국에 온 뒤에도 가위에 눌리는 일이 잦아졌고, 편히 잠들지 못했다.

　꿈속에서는 끊임없이 모로코에서 탈출하려 안간힘을 쓰고 있는 나 자신을 보거나, 그가 한국으로 돌아와 나를 추적하고 위협하는 장면이 반복되었다. 작은 소리에도 소스라치게 놀랐고, 잠이 들어도 금세 깨는 날들이 이어졌다. 시설에 계셨던 사회복지사 선생님은 정신과 약을 복용해보는 게 어떻겠냐고 권하셨다. 그렇게 처음 정신과를 방문하게 되었다. 당시에는 잠을 잘 자는 것이 가장 중요했기 때문에 수면에 도움을 주는 약들을 처방받았다.

약을 복용한 초반에는 잠을 조금 편하게 자는 듯했지만, 얼마 지나지 않아 다시 악몽이 시작되었다. 약을 바꾸면 초반에 다시 잠을 조금 편하게 자는 듯하다가 다시 악몽을 꾸는 무한 반복이었다. 밤이 너무 괴로워 아침이면 몸을 힘들게 하려고 청소를 하는 등 몸을 많이 움직였지만, 효과는 없었다. 지금 상담심리학을 공부하며 깨달은 사실이지만, 그 당시 나는 PTSD를 겪고 있었다.

한국에 돌아와 지낸 곳은 자립 시설이었다. 덕분에 기초생활 수급을 받을 수 있었고, 심사 기간 동안에는 시설의 지원이 있었기에 그럭저럭 생활할 수 있었다. 그 시설은 외관상 일반 빌라와 다를 바 없었지만, 한 집에 두 명의 미혼모가 같이 지내게 된다. 그때 만났던 룸메이트 언니는 인생의 둘도 없는 소울메이트가 되었다. 언니와 아이를 재운 후 밤늦게 대화하던 시간은 유일한 즐거움이었다. 하지만 몇 달 뒤 언니는 대학 입학 준비로 시설을 옮겨야 했다.

그 무렵, 아이 아빠가 브라질에 갔다는 사실을 친구의 인스타그램을 통해 알게 되었다. 게다가 그에게 여자친구가 생겼다는 사실도 알게 되었다. 그 소식은 나를 분노하게 했다. 나는 하루가 모자라게 아침 일찍 일어나 아이를 챙기며 어린이집을 보내고, 검정고시 학원에서 공부하고, 집으로 돌아와 청소와 집안일을 하며 바쁘게 살고 있었다. 그런데 그는 다른 나라에서 새로운 여자와 지낸다는 사실이 너무나 화가 났다. 게다가 많이 의지했던 룸메이트 언니는 대학교 입학이 확정되어 이사했다. 언니가 떠나면서 내 마음은 더 공허해졌다.

분노를 참지 못한 나는 그의 여자친구에게 인스타그램 메시지를 보냈다. "네가 사귀고 있는 남자는 한 명의 아이 아빠이고, 양육비나 달라고 전해줘. 그리고 그는 여자를 때리는 사람이야."라고 말했다. 그런데 돌아온 답장은 가관이었다. 그녀는 "내 남자친구는 너의 아이가 자신의 아이가 아니라고 한다. 증거도 없으면서 네가 계속 거짓말로 주장하고 있다."라고 했다. 나는 그 답장을 보는 순간, 모든 게 무너진 기분이었다.

나는 그가 나를 한국에 오기 위한 비자 용도로 생각했다고 어느 정도 예상하고 있었다. 하지만 그래도 아이만큼은 사랑했을 것이라고 믿고 싶었다. 그러나 아이를 부정하는 순간, 나는 이성을 잃고 미친 듯이 울기 시작했다. 이틀을 그렇게 울어대니 열이 나고 몸살로 드러눕게 되었다. 38도까지 열이 오르고 온몸이 아팠다. 몸과 마음이 부서지기 시작했다. 결국 우울증의 늪으로 빠져들었다. 그러면 안 됐었지만, 그때부터 술에 손을 대기 시작했다. 술을 마시면 죽고 싶다는 생각이 들었고 온몸과 마음이 일렁였다.
자해를 시작했고, 정신과 약을 한꺼번에 털어 넣어 하루종일 일어나지 못했던 적도 있다. 눈을 뜨면 죽고 싶다는 생각밖에 들지 않았다. 그런 나를 지켜보시던 사회복지사 선생님은 정신병원 입원을 추천해 주셨다. 한 달 동안 푹 쉬고 오라며 설득하셨다. 우리 엄마도 함께 설득해 주신 덕분에 한 달 동안 아이는 엄마가 돌봐주기로 했고 나는 짐을 챙겨 정신병원에 입원했다.

정신병원에서의 시간은 고통스러웠다. 코로나 시국이었기 때문에 입원하면 격리되어 있어야 했다. 옆방의 남자 환자는 자꾸 혼잣말하고 고성을 지르며 나를 겁에 질리게 했다. 게다가 병원 건물이 오래되어서 그런지, 격리실은 어둡고 창문도 없었으며 환기가 되지 않았던 곳이었다. 의사 선생님께 나는 원래 혼자 잠을 청하지 못하는데 방도 깜깜하고 옆방에 있는 분도 무서우니 주사를 요청했던 기억이 있다.

정신병원에서 힘들었던 점은 의사 선생님들이 한 분당 봐야 하는 환자가 많았기 때문에 세심하게 돌봄 받는다는 느낌이 없었다는 것이다. 간호사 선생님들 중에는 친절하셨던 분들도 많았지만, 내 말을 무시하거나 이상하게 여기는 태도를 보인 분들도 있었다. 그분들의 표정과 말들이 기억에 남아 상처가 되었다. 정신병원은 단지 내가 자살을 막기 위한 응급처치에 불과하다는 생각이 들었다. 지금 그때를 생각해 보면 나에게 가장 필요했던 것은 진심으로 나를 돌봐주고 사랑과 애정 어린 관심을 주는 사람들이었다.

퇴원 후 집으로 돌아왔지만 여전히 하루하루가 고통스러웠다. 결국 고통을 잊으려 술에 손댔다. 죽고 싶다는 생각이 마음속에서 썩어들어갔고 곪아갔다. 그렇게 아이와 분리가 되었다. 분리되던 날은 온 세상이 무너지는 듯한 기분이 들었다. 아이는 내가 유일하게 붙잡고 있던 동아줄과 같은 존재였기에 견딜 수 없었다. 아이의 옷을 붙잡고 냄새를 맡으며 울며 잠들곤 했다. 이후에도 삶이 너무나 괴로워서 견디기 어려웠다. 하루하루 시간이 고통스럽게 느껴지고 느리게만 지나갔다. 맨정신으로 버틸 수가 없어서 술에 점점 기대게 되었다.

술을 마시고 높은 옥상에 올라가 스스로를 끝내려 한 적도 있었다. 그러나 난간에 매달려 손을 놓으려는 순간, 아이가 떠올랐다. 내가 지금 죽으면 남은 아이는 어떻게 살아가지? 나마저도 없다면 아이가 너무나 불행해질 것을 깨닫고 펑펑 울었다. 그렇게 다시 돌아와서 자해하고 울다 잠자리에 들었다. 이뿐만이 아니라 맨정신으로 버틸 수가 없어서 밤낮 가리지 않고 술을 마시다가 높은 곳에서 떨어질 뻔한 기억이 있다. 심지어 그 높은 옥상까지 올라갔던 기억도 없으며 떨어지려 했던 기억도 없지만 남의 집 베란다에 떨어져서 경찰이 왔던 기억만 있다. 나는 그때부터 스스로가 무서워졌다.

그러던 중 병원에 짧게 입원하고 퇴원 후에는 심리 상담을 받으며 사회복지사 선생님들과 많은 이야기를 나누었다. 술을 끊으려 애썼고 커피조차 끊으며 몸과 마음을 회복하려 했다. 이때 나를 살리셨던 사회복지사 선생님이 기억난다. 선생님은 항상 나를 위해 퇴근 전에 함께 기도해 주셨고, 내가 자해할 것 같았던 밤에 선생님께 말씀드리니, 함께 시설에서 밤을 지새워 주셨던 기억도 있다. 처음으로 따뜻한 사랑을 느끼게 되었다.

심리 상담사 선생님도 항상 진심으로 나를 상담해 주셨고 끝나기 전에 기도도 해주셨다. 자립 시설의 원장님은 나를 위해 시간을 따로 빼서 낮에 카페도 같이 가주시고 맛있는 식당에도 데리고 가주셨다. 다른 선생님은 나와 등산도 같이 해주셨다. 우울했던 나와 산책도 같이 해주셨던 선생님들도 모두 기억이 난다. 힘들었던 경험을 이야기하면 같이 우신 선생님도 기억나고 나의 이야기를 무조건 경청해 주시고 공감해 주셨던 선생님들이 모두 기억에 남는다.

그때 심리 상담사 선생님은 해석을 해주셨는데 원래 부모님으로부터 받아야 하는 걱정과 관심을 선생님들께 받으면서 처음으로 바뀌고 있다는 비슷한 말을 해주셨다. 그때의 복지사 선생님들이 없었다면 나는 지금 이 자리에 있을 수 없었을 것이다. 그때를 생각하면 정말 아찔하다. 세상에 태어나고 조건 없는 수용을 받은 적이 없었지만 그때 선생님들은 모두 나에게 조건 없는 수용을 해주셨다.

2장

내가 선택한
성장의 길

우울증의 소중한 흔적들

우울증이 있었기에 지금의 성장한 내가 있다고 믿는다. 우울증은 나에게 계속해서 신호를 보내왔다. 너 좀 쉬라고. 현재 자신을 돌봐야 한다고. 너는 소중한 존재라고. 그것은 나 자신의 마지막 부르짖음이었던 것 같다. 처음에는 왜 이런 기분이 드는지도 몰랐고, 아무것도 하기 싫었다. 내 신호들을 마음의 저편에 처박아 무시했다.

아이와 분리된 그 시기에는 하루하루 술 없이는 맨정신으로 견딜 수 없었다. 그때는 무조건 술을 마시면 잘못됐다고만 생각했다. 상담을 받은 지금 돌아보면, 어쩌면 술이 나를 살린 부분도 있었던 것 같다. 사람은 고통스러울 때 실제로 시간이 천천히 간다고 느낀다는 것을 알고 있는가? 나는 너무나 고통스럽고 괴롭고 이유 없이 항상 초조했다.

정체를 알 수 없는 무언가가 나를 계속 쫓아오는 것 같았다. 정신과 약을 먹고 잠을 청해도 가위눌림과 악몽에 벗어날 수 없었다. 물론 술을 마시면 수면의 질이 낮아진다는 건 알고 있었다. 그러나 맨정신으로 잠드는 것이 나에게는 더 무서웠다. 현실을 받아들일 수 없었던, 직면할수록 고통스러웠던 내가 트라우마에서 도피하려 선택한 것이 바로 술이었기 때문이다.

또한 나는 누군가에게 의지하지 않으면 불안해서 견딜 수 없었다. 누군가와 함께 있어야만 조금은 안정됐다. 곁에 누가 없다면 전화라도 해야 했다. 사람들과 이야기하면서 현재 괴로운 상황을 잠깐이나마 도피할 수 있었으니까. 하지만 사람들은 이런 나를 부담스러워했다. 사람들을 만나기 위해 내가 다 계산한다거나 시간을 냈고, 나의 우울한 감정들을 쏟아냈다.

당연하게도 사람들은 조금씩 나를 피했다. 하루는 너무나 죽고 싶고 우울한 나머지 엄마에게 전화를 걸었다. "엄마, 나 하루만 엄마 집에서 자고 싶어. 엄마랑 이야기하고 싶고, 엄마가 해준 밥이 너무 먹고 싶어." 하지만 엄마는 당시 남자친구분의 눈치가 보인다며 나의 간절한 부탁을 거절했다. 사람들이 나를 감당하기 힘들어하며 외면할 때 엄마만큼은 나를 보듬어 줄 것이라고 기대했다. 하지만 나는 역시 언제나 거절 받는 사람이었다. "역시 나를 아무도 돌봐주지 않는구나." 하는 마음 아픈 생각이 계속 나를 가시처럼 찔러댔다.

아이와 분리된 지 얼마 되지 않아 미혼모 시설에 머무는 것도 점점 힘들어졌다. 내 아이와 개월 수가 별로 차이 나지 않는 다른 아이를 볼 때마다 내가 지켜내지 못한 것들이 떠오르며 자책감에 사로잡혔다. 공원에서 또래 아이 엄마가 유모차를 끌고 산책하는 것만 봐도 부럽고 내 아이에게 못 해준 기억만 남아 혼자 눈물만 삼켰다. 그 시기에 읽은 육아 서적에서 만 3세까지 아이에게 애착 형성 시기에 있어서 굉장히 중요하다는 부분을 읽게 되었다. 그것조차 괴로워지고 죄책감에 미칠 노릇이었다.

그렇게 또 밖을 떠돌면 내가 뭐 하는 건지 모르겠다는 생각들이 나를 집어삼켰다. 다시 아이와 함께 살게 되면 잘 해야겠다고 다짐했지만, 선물 같은 아이인데 내가 지켜내지 못했다는 생각과 가족, 아이의 친부에 대한 분노, 하루하루가 고통스럽다는 생각들이 뒤엉키면서 우울해졌다. 또한 다시 잘해보고 싶고 어떻게 살아가야 할지 계획을 세우고 싶은 마음도 있었다. 죽음에 관한 생각을 치워버리고 싶었지만 그게 잘되지 않았다. 불쑥불쑥 떠오르는 죽고 싶다는 생각과 아이가 혼자 남겨지면 세상을 어떻게 살아가냐는 책임감 등이 힘겨루기를 해댔다.

이 시기에는 자해와 온갖 자기 파괴적인 행동은 다 했다. 술을 마시고 건강을 챙기지 않는 것은 물론 계속해서 방치했다. 아직도 기억에 남는 것은 정신과에 처음 가게 되면 받게 되는 설문지다. 죄를 지으면 벌을 받는다고 생각하냐는 문항에 나는 그렇다고 설문지를 작성했다. 나는 나 스스로 처벌받아 마땅한 사람이라고 생각했다. 자신이 소중하다는 생각은 더더욱 하지 못했다.

모든 분노와 우울, 이런 상황이 놓이게 된 현실을 직시하면 앞으로 나아가지도 못했다. 쓸모없는 인간이라는 생각이 가득했다. 남에 대한 분노를 표현하지 못하고 스스로에게 분노를 표했다. 슬퍼하면 자기연민으로 빠지는 것 같아 두려워 스스로 처벌만 해댄 것이다. 한편으로는 이 모든 상황을 벗어던지고 아이와 행복해지고 싶고, 자존감이 높아졌으면 좋겠고 아프면 누군가에게 기대고 싶다고 생각했다. 내 고민들을 속 시원하게 털어놓고 해결하고 싶다는 생각들, 그걸 실행하지 못하는 한심한 나. 이 지경까지 와서 가족도 없고 아이도 없고 내 주위에는 아무도 없다는 생각과 내 주변 사람들은 나를 다 떠나간다는 생각으로 좌절감을 가진 채 하루하루를 겨우 보냈다.

그러던 중, 지금 남편이 된 남자친구를 만나게 되었다. 그는 나의 이야기를 항상 진지하게 경청해 주었다. 그와 연인이 되기 전부터 나는 아이가 있고 어떻게 살아왔는지 대략적으로 그에게 말해주었다. 남편은 그때 당시에 나에게 나타난 또 다른 소중한 사람이었다. 연인이 되면서 그는 유일하게 내 편을 들어주었고 또 내가 그럴 수밖에 없었다고 이야기해 주었다.

이야기를 들으며 눈물도 같이 흘려줬다.

그때쯤 나는 새로운 자립 시설로 옮겼다. 전에는 아이와 함께 지내는 모자 보호 시설이었지만 옮기게 된 곳은 나처럼 아이가 잠시 분리되었거나, 입양을 보낸 엄마들이 지내는 자립 시설이었다. 일단 주위 환경에서 아기들이 보이지 않는 게 마음이 조금은 편안해졌다. 내 아이의 또래 아이들을 보면 눈물부터 고였으니까. 후회와 죄책감으로 견디기 힘들어졌으니까 말이다.

지금의 남편을 만나면서 조금씩 웃음을 되찾고 앞으로 미래를 어떻게 계획해 가야 할지 조금씩 이야기하기 시작했다. 아이와 분리되고 당연히 하는 일들은 줄었다. 이 여유 덕분에 검정고시 학원에 다니며 검정고시 합격에만 몰두할 수 있었다. 처음으로 고민들과 걱정들인 짐들을 내려놓고 쉼을 가졌다. 공부만 하며 심리 상담과 미술치료까지 받으니 조금씩 나에게 초점을 두게 됐다.

감사하게도 이때 당시 깨달은 점들로 인해 지금의 내가 성장하는 밑바탕을 만들 수 있었다. 이런 시간들이 있었기에 지금의 내가 만들어졌으며 더 단단해지고, 성장했다고 믿는다. 이런 시간이 없었다면 나는 아이에게 잘해줘야지 생각만 하고 실천하지 못했을 수도 있다. 또한 남편처럼 처음으로 의지하는 소중한 사람을 만나지도 못했을 수도 있다. 무엇보다 자해와 자신을 방치하는 일이 얼마나 끔찍한 일인지 깨닫지 못했을 수도 있다.

후회와 죄책감, 되돌릴 수 없는 일이 얼마나 괴로운지 다시 되돌리려면 얼마나 큰 노력이 필요한지도 깨닫지 못했을 것이다. 지금의 나는 밑바닥 끝까지 찍어본 경험이 있기에 앞으로 웬만한 문제가 닥쳐와도 잘 헤쳐 나가고 버틸 수 있다는 스스로에 대한 믿음이 생겼다. 이제는 농담조로 "설마 이렇게까지 또 힘든 일이 오겠어?" 하며 넘기는 힘이 생겼다. 또한 감정의 밑바닥에서 휘몰아치고 쓸려나갔던 경험이 있기에 다시 경험하고 싶지 않다는 생각에 일어서서 버티려 노력하고, 나를 알아가려 애쓴다.

우울증이 왔기에 처음으로 모든 것을 다 내려놓고 쉬는 것, 나에 대해 초점을 맞추게 되었다. 나라는 사람은 왜 우울한지, 무엇이 뿌리인지 생각하게 되었다. 처음부터 다시 일어서서 시작했다. 우울증이 오면 모든 것을 내려놓고 아무것도 하고 싶지 않기 때문이다. 아직도 많은 사람들이 우울증을 좋지 않게 생각하는 경우가 많다. 하지만 나는 우울증을 겪으면서 처음으로 내가 소중하다는 사실과 삶에는 쉼이 필요하다는 것, 가끔은 내려놓고 멈춰서 생각할 틈이 있어야 한다는 것을 깨닫게 되었다. 우울증이 나를 부수기도 했지만, 동시에 나를 다시 세우기도 했다.

자존감 수업

    나는 조금씩 자존감을 올리는 방법들을 죄다 시도했다. 해보고 별로 나에게 맞지 않다면 패스하고 맞는 방법들을 찾아 꾸준히 노력했다. 술을 끊은 후에도 가끔 저녁이 되면 술 생각이 나고는 했다. 그럴 때마다 '아, 내가 지금 울적한가 보다.' 하고 스스로를 달래며 감정을 환기하려 노력했다. 육아 중에도 아이를 어린이집에 보낸 후 틈틈이 공부하거나 책을 읽었고, 개인 시간을 활용해 감사일기와 done list를 썼다.

    특히 공부를 하면서 남편이 나를 자랑스러워했다는 점이 가장 뿌듯했다. 시험 기간에는 퇴근 후 아이를 돌봐주며 나를 응원해주었고, 다른 어른들이 "서영이는 왜 일을 하지 않느냐."라고 묻는 상황에서 남편은 당당히 "서영이는 공부하느라 시간이 없다."라고 대신 말해주었다. 그의 지지가 큰 힘이 되었다.

공부하고 집안일을 한 후 시간이 남아 쉴 때면 하루를 낭비하는 것 같아 용납하지 못했던 나에게 저녁 시간에 done list와 감사 일기는 마음을 정리하는 중요한 도구가 되었다. 하루 동안 나를 괴롭힌 고민이 있다면 일기를 썼고 마음이 복잡하면 차근차근 당장 시작할 수 있는 일부터 정리하며 머릿속을 정돈했다. 일기를 쓰는 것은 큰 도움이 되었다. 술을 마시지 않고 맨정신으로 잠자리에 들기 시작할 때부터 다음 날 무엇을 해야 할지, 앞으로 어떻게 할지 고민이 머릿속에 맴돌아 잠이 오지 않았다.

그때부터 일기를 쓰기 시작했다. 일기는 걱정을 명료화시키고 객관화해서 볼 수 있도록 도와주었다. 일기장에 모든 감정을 필터링하지 않고 쏟아낼 수 있어서 좋았다. 물론 일기를 써도 불안과 걱정은 쉽게 잠재워지지 않지만, 일기를 쓰면 쓰지 않은 날보다 편안히 잠들었다.

감사일기의 효과는 익히 들어 알고 있었고 전에도 몇 번 써보려 마음먹었으나 꾸준히 유지하기가 힘들었다. 하지만 자존감 관련 유튜브 영상을 보고 자극을 받아 다시 시작했다. 이전에는 감사한 내용을 길게 쓰려다 부담스러워 금방 그만뒀지만, 이번에는 일기장 맨 위에 더도 말고 덜도 말고 세 가지씩만 간단히 기록하며 꾸준히 이어갈 수 있었다.

물론 효과가 바로 나타나지는 않았지만, 사소한 부분에 감사할 점들을 찾아 차곡차곡 쌓아가다 보니 생각보다 세상에 감사할 점이 많지만, 지금까지 제대로 감사하지 못했다는 생각이 들었다. 어느 순간에는 저절로 세상에 감사할 것투성이라는 긍정적인 시각을 갖게 되었고, 점차 밝아졌다. 물론 다른 분들의 따뜻한 관심과 보살핌이 있었기에 천천히 바뀌기 시작한 부분도 있다.

어느 날 자존감과 관련된 책에서 '장점 파일' 만들기라는 부분을 읽었다. 그 부분에 끌려 실행하게 되었다. '서영이의 장점'이라는 파일을 만들어 하나씩 써 내려가기 시작했다. 처음에는 글쓰기를 시작하기가 너무 어려웠다. 나만 보는 파일이지만 장점을 써 내려가자니 생각도 나지 않고 은근히 쑥스러웠다. 처음에는 다른 사람들이 나에게 했던 칭찬들 위주로 쓰기 시작했다. 단점을 뒤집어 보면 장점이 된다는 생각과 경험들이 떠올라 단점을 바꿔 장점으로 적기 시작했다. 예를 들면 '내가 성격이 급하지만, 진취적으로 해낸다. 나는 말이 많지만, 언어능력이 다른 능력에 비해 높다.'라는 식으로 하나씩 써 내려가기 시작했다. 그 파일은 아직도 새로운 나의 장점을 발견할 때마다 적는다. 나에 대해 유연하게 생각할 수 있도록 도와준 소중한 파일이다.

또한 한 해 동안 무얼 했는지 정말 사소한 부분이라도 다 적었다. 내가 1

년을 너무 허무하게 보낸 것만 같아 자존감이 바닥을 치고 있을 때 굉장히 도움이 많이 되었다. 나름 바쁘게 살았다는 사실을 알게 되었다. 아직은 성과는 나타나지 않았지만 무얼 시작했는지, 무얼 잘 끝마쳤는지, 무얼 하며 많은 시간을 보냈는지 정리해서 글로 읽으니 뿌듯하고 한 해를 바쁘게 살아온 내가 기특했다.

자존감이 올라가려면 나를 잘 알아야 한다는 생각은 이전부터 해왔지만 직접 글로 적고 읽으며 몸소 느끼기 시작했다. 나를 알려고 노력하면서 내가 가장 좋아하는 일은 무엇인지, 하고 싶은 일은 무엇인지, 앞으로 어떻게 미래를 그려가고 싶은지 조금씩 깨달았다. 1년을 어떻게 보냈는지, 다음 한 해는 어떻게 보낼지 기록하며 또 지나간 한 해를 추억하며 잘 살아냈다는 뿌듯한 마음을 갖기도 했고, 다음 한 해가 기대되기도 했다. 그리고 진심으로 앞으로 미래의 내가 기대되기 시작했다.

어떻게 보면 정말 이상할 수 있지만 여러 자존감 관련 영상을 보면서 혼자 거울을 보고 '너 오늘 진짜 멋진데, 너 진짜 가치 있는 사람이야.'라고 스스로에게 말해주기 시작했다. 처음에는 혼자 그러고 있는 내 모습을 보며 어색하고 웃기기까지 했다. 후에는 길거리에서 긴장하거나 다른 사람과 함께 있을 때면 습관적으로 마음속으로 생각했다. '나를 너무 나쁘게만 생각했지만 나는 이런저런 좋은 점도 있잖아.' 하면서 말이다.

그런데 진짜 신기한 건 시간이 지날수록 이런 식으로 말을 했더니 태도와 생각이 많이 바뀌게 되었다. 예전에는 사람들이 나에게 칭찬하면 그다지 진심으로 받아들이지 못하고 진심 같아도 쑥스러워하며 아니라고 답했다. 예의상 하는 겉치레 표현이라고 생각했다. 그런데 어느 순간부터 그런 칭찬의 말이 진심으로 들리고 그렇게 생각해 주고 날 알아봐 준 상대방이 고마웠다.

　그리고 나에게 계속해서 '서영아 사랑해, 너 진짜 멋있다. 너는 정말 소중한 사람이야. 넌 정말 사랑받아 충분해.'라고 스스로에게 말해줬다. 정말 확연하게 느낀 생각의 변화는 남편이 계속해서 나를 떠날까 봐 두렵다는 생각과 바람피우면 어떡하나 하는 생각들이 점차 줄어들었다는 것이다. 지금 생각해 보면 너무나 터무니없고 부끄러운 생각이지만 이전 트라우마들로 인해 그런 생각을 하지 않으려 해도 무의식에서 그런 생각이 불쑥불쑥 끊임없이 올라와 나를 지독하게 괴롭혔다. 항상 나를 지지해주는 남편의 똑같은 태도 덕분에 나를 계속해서 괴롭히는 생각을 바로잡고자 했다. 나를 사랑한다는 말에 자연스레 생각과 태도가 점점 바뀌기 시작했다. 나를 사랑하고 꽤 괜찮은 사람이라는 점을 스스로 믿게 되자 남편이 나를 떠날 거라는, 그토록 길고 길게 나를 쫓아다니던 불안을 마침내 끊어낼 수 있었다.

조금씩 긍정적인 생각들이 자리 잡고 있을 때 나를 더 알고 싶은 마음에 최면 상담을 받으러 간 적이 있다. 물론 예전부터 하고 싶었다는 호기심 반, 나에 대한 궁금증 등으로 예약했다. 최면 상담은 또 다르게 나를 도울 수 있었다. 성장한 내가 다시 내면 아이와 마주할 수 있던 기회였다. 이전 에도 심리 상담을 받으며 어릴 적 나와 마주하는 기회가 있었지만 크게 도 움이 되지 않았다. 내면 아이와 마주할 때 불편한 감각 때문에 회피했었다.

하지만 성장한 후 최면 상담으로 마주한 나의 내면 아이는 너무나 안쓰 러웠다. 만나자마자 눈물이 줄줄 나기 시작했다. 트라우마가 되었던 어렸 을 적 상황 속에 들어가 무섭기만 했던 어른들에게 울며 소리도 지르며 내 면 아이를 지키려 크게 화도 내었다. 용서도 하고 어렸을 적 나쁜 기억들 을 놓아주기 시작했다. 그 어린아이를 꼭 안아주기도 하고 손을 잡고 안전 한 곳에 가서 따뜻한 말과 위로를 해주었다.

그때 모든 걸 쏟아내고 그 어린아이를 꼭 안아주고 따뜻하게 대해서 그 런지, 이제 성인이 된 나는 내면 아이를 지킬 수 있고 아낄 수 있으며 진심 으로 따뜻하게 대할 수 있는 존재라는 사실을 내 내면 깊이 집어넣었다. 이제 나는 나의 든든한 지원군이다. 이전에는 다른 사람들이 따뜻한 내 편 이 되어주었다면, 이제는 나도 내 따뜻한 편이 되어줄 수 있다.

또한 내 아이를 돌보면서도 큰 치유가 되고 있다고 믿는다. 아이가 크게 울거나 속상해하는 모습을 보면서 가끔 나의 어린 시절 나를 만난다. 나는 처음 5살쯤에 원래 같이 살았던 가족과 떨어져 영문도 모른 채 할머니 집에 맡겨졌을 때 아무 설명도 듣지 못했다. 당시에 나는 큰 유기 공포를 느꼈고 할머니 집에서 지내는 동안에도 아빠는 엄마가 나를 버렸다는 말을 했다. 거기에 나를 혼내는 가족들의 모습을 보면서 나는 너무나 두렵고 슬펐다.

그때 나이와 비슷한 딸이 의기소침한 모습을 보이면 나도 모르게 그때의 나와 만난다. '내가 어렸을 때 부모님에게 듣고 싶었던 말이 무엇일까? 나는 혼나거나 속상했을 때 가족들에게 어떤 말을 듣고 싶었던 걸까?' 그런 생각을 하고 아이에게 말을 건넨다. 그렇게 나의 아이를 보살피고 나의 내면 아이도 보살필 수 있게 되었다.

어느 날 심리 상담 선생님께 내가 상담하면서 느꼈던 성장한 부분들을 말했다. 이전에는 하지 못했던 생각들과 행동들을 말하며 내가 어렸을 적 멈췄던 성장을 다시 쌓아 올려가는 것 같다고 말씀을 드렸다. 선생님은 심리학에서 '재양육'이라고 하는 부분을 느낀 것이라고 말씀해주셨다. 나는 그 말들을 곱씹으며 다시 생각해 봤다. 나는 따뜻한 애착을 형성해야 하는 시기에 내면의 발달이 멈췄다가 지금에야 다시 성장하기 시작한 것은 아닐까 생각이 들었다.

사회가 안전한 곳이라는 걸 배워야 했던 시기에 그걸 배우지 못해 내면의 성장은 멈췄었지만, 노력하고 거기에 다른 이들의 따뜻한 관심이 합쳐지면 사람은 다시 성장할 수 있다는 것을 믿게 되었다. 나는 앞으로 이전의 일들만큼 힘든 일이 와도 다시 잘 이겨낼 것이라고 믿는다. 성장하다 다시 넘어질 수 있다는 것도 알고 있다. 이전에 심리 상담 선생님께서 '앞으로 가다가 자빠져도 앞으로 자빠지는 것.'이라고 말씀해 주신 게 아직도 큰 위로가 된다. 앞으로도 내가 성장하다 자빠져서 멈추고 성장통을 겪으며 몸부림쳐도 어쨌든 앞으로 나아간 것이기에.

괜찮아지고 싶다는 간절함

　지금의 남편을 만나고 여러 사회복지사 선생님들, 심리 상담사 선생님 덕분에 나는 조금씩 변화하기 시작했다. 새로운 시설로 옮기게 되면서 온전히 검정고시 합격에 집중할 수 있었다. 처음에는 왠지 합격하지 못할 것만 같아 자신감이 없었다. 그러나 사회복지사 선생님들은 항상 "서영이는 똑똑하니까 잘할 수 있어."라고 말하며 용기를 북돋아 주셨다.

　그리고 이 시기에는 혼자 있는 것이 너무나 불안해서 늘 누군가와 함께 있어야 했다. 그래서 나는 거의 복지사 선생님들의 사무실에 살다시피 했다. 지금 생각해 보면, 업무 중에 누군가가 계속 말을 걸면 짜증 날 법도 한데 선생님들은 언제나 웃으며 나를 반겨주시고 내 이야기를 들어주셨다. 선생님들과 함께 카페에 가거나 저녁 산책을 하고, 식당에도 가는 시간이 많았다. 기분 전환이 될 수 있게 많이 데리고 다녀주셨다. 나는 특히 선생님과 저녁 산책을 좋아했다. 고민 상담도 할 수 있었고, 저녁이 되면 우울한 감정이 몰아쳤지만 선생님과 함께 이야기를 나누며 산책하면 조금 은 잠잠해졌다.

자립 시설에 머무는 동안, 당번을 정해 돌아가면서 요리를 해야 했다. 선생님들은 내가 만든 요리를 "정말 맛있다."라며 칭찬해 주셨다. 작은 일 하나하나에도 칭찬을 아끼지 않는 선생님들 덕분에 나는 점점 자신감을 얻을 수 있었다. 시설에서는 보통 통금시간이 있다. 늦어서 혼날까 봐 걱 정했던 날도 있었다. 예상과 달리 원장님께서는 "자꾸 그러면 뽀뽀해 줄 거야~"라고 하셨던 말이 아직도 기억에 남는다.

이전의 어른들은 나를 혼내고 무서움에 떨게 만들었지만 원장님께서 따 듯하게 말씀해주시자 낯설면서도 가슴 깊이 스며들었다. 오히려 나를 혼 내지 않고 항상 응원해 주시고 품어주시는 선생님들의 모습을 보며 기대 에 부응하고 싶었고 실망시켜 드리고 싶지 않았다. 그 덕분에 자연스럽게 "더 잘해드려야지. 약속한 건 지켜야지!"라는 다짐을 하게 되었다.

검정고시 시험을 앞두고 불안한 마음에 사례 담당 선생님께 "시험 직전 단기 집중반에 다니고 싶다."라고 말씀드렸다. 선생님은 흔쾌히 원장님께 말씀드려 학원을 등록해 주셨다. 시험 당일에는 원장님께서 아침밥도 해

주시고 직접 운전해 시험장까지 데려다주셨다. 응원을 듬뿍 받으면서 시험장에 들어갔다.

시험이 끝나고 가채점을 하려고 사무실에 갔을 때, 사례 선생님이 함께 채점을 해주셨다. 처음부터 끝까지 "서영아 너 정말 잘 봤다!"라고 하셨다. 시험 점수가 높게 나왔다며 진심으로 기뻐해 주시면서 활짝 웃으셨다. 나는 그때 당시 누군가가 나에게 칭찬해 주면 머쓱하고 잘 받아들이지 못했지만, 나보다 더 기뻐해 주시는 모습에 내심 뿌듯함을 느꼈다. 이후에도 사례 선생님은 컴퓨터학원을 등록해 주셨다. 쉬운 편인 ITQ 자격증 시험마저도 아주 잘했다고 칭찬해 주셨다. 사소한 부분도 칭찬해 주셔서 더 잘하고 싶다는 욕심도 생기고 다른 걸 더 배우고 싶다는 마음이 생겼다.

사례 선생님은 내가 불안한 감정 때문에 충동적으로 문제를 해결하거나 술을 마시는 모습을 보고도 혼내지 않으셨다. 되레 "나도 그런 시절이 있었다."라고 하시면서 깊은 공감을 해주셨다. "오히려 서영이는 나이가 어리고 일찍 깨달았으니 더 건강한 어른이 될 수 있을 거야."라고 말씀하셨다. 어릴 적 늘 혼나기만 했던 나를 지지해 주는 분들의 이야기를 듣고 '조금은 내가 괜찮은 어른이 될지도 모르겠다.'라고 생각했다. 그리고 늘 나는 사람들에게 분노의 감정을 잘 느끼지도 못하고 분노하지도 못했다. 하지만 선생님은 내 고민 이야기나 아이의 친부 이야기를 들어주시고 대신

불같이 화내주셨다. 나에게는 큰 위로가 되었다. 은근히 속이 시원하고 '나에게는 든든한 지원군이 계신다!'라는 생각을 했다.

남편은 연애 시절, 내가 혼자 잠들지 못하고 악몽과 가위눌림으로 힘들어한다는 사실을 알고 있었다. 지금 함께 생활하며 알게 된 사실이지만, 남편은 수면의 질이 매우 낮은 사람이다. 조금만 시끄러워도 쉽게 잠에서 깨고, 잠들기까지 시간이 오래 걸리는 편이다. 그런데도 내가 악몽을 꾸거나 가위 때문에 놀라서 깨어났을 때 남편에게 악몽을 꾸었다고 말하면 짜증 한 번 내지 않고 그저 팔베개를 해주거나 토닥여 주며 다시 잠들도록 도와줬다. 이런 추억들을 떠올려보면 지금의 남편을 만나서 참 다행이고 감사하다. 이전에는 방에 불을 켜놓지 않으면 잠들 수 없었고, 술 없이는 잠드는 게 불가능했다.

하지만 남편과 함께 지내면서 점차 불을 끄고 잠드는 일이 익숙해졌고, 수면의 질도 조금씩 나아졌다. 1년 가까이 약을 먹었지만 악몽에서 벗어나지 못했던 내가 다시 깊이 잘 수 있게 된 건, 단순한 일이 아니라 내게 큰 감사이자 변화였다.

연애 시절 하루는 진로에 대한 고민을 남편에게 털어놓았던 적도 있다. 검정고시를 합격해서 대학교에 갈지, 다른 자격증 공부를 해서 바로 취업을 해야 할지 고민했다. 남편은 한참 동안 심각한 표정으로 묵묵히 듣더니, 나에게 자신을 믿냐고 물었다. 나는 당연히 믿는다고 답했다. 남편은 그때 "그럼 내가 외벌이해도 괜찮으니까 정말 네가 진로를 찾지 못하고 일을 하지 않아도 괜찮아."라고 말해주었다. 그때는 '이 남자 생각보다 되게 진지하다.'라고 생각하고 넘겼지만, 다시 곱씹어 보면 굉장히 감동이다. 이후에도 남편은 내가 진로에 대한 고민을 늘어놓으면 언제나 진지하게 들어주고 함께 방법을 찾으려 애썼다.

그 시기에도 나는 꾸준히 심리 상담을 받았다. 아직도 따뜻하게 기억 남는 선생님은 내가 가진 자원과 긍정적인 면을 처음으로 발견해 주신 분이다. 다른 사회복지사 선생님들과 잘 지내는 모습의 나를 보며 상담 선생님께서는 나를 진심으로 대하며 도와주시기 위해 이렇게 말씀하셨다. "그건 서영이의 장점이야. 다른 사람들은 도움을 요청도 잘하지 못하고, 도움을 주려고 해도 받지 않으려는 경우가 많아. 그런데 서영이는 그 도움을 이끌어내고 잘 받아들이잖아. 그것도 서영이의 하나의 큰 자원이야." 이 따뜻한 이야기가 아직도 기억에 남는다.

나는 모로코에서 탈출한 일이 대단하다고 느낀 적이 한 번도 없었다. 하지만 선생님은 그 용기를 칭찬하시며, 도움을 요청한 것도 정말 대단한 일이라고 격려해 주셨다. 이 부분을 마음에 새겨넣고 지금도 큰 자원이라고 생가하며 누군가에게 도움을 요청하고 받는 것에 대해 꺼리지 않는다. 또한 선생님은 내 가족에 대한 분노, 아이의 친부를 향한 분노를 다 들어주시며, 그로 인해 내가 얻을 수 있었던 자원에 대해서도 말씀해 주셨다. 어떻게 보면 상황을 뒤집어 자책만 하던 나를 다시 생각할 수 있었던 기회였다.

상담 선생님은 당시 남자친구였던 남편과 나의 관계를 중요하게 생각하시며 선뜻 커플 상담을 제안하셨다. 상담 선생님은 상담을 마치기 직전에 항상 나를 위해 기도해 주셨다. 나는 끝까지 관계를 이어본 적이 없다는 좌절감이 강했는데, 선생님께서는 항상 웃으시면서 서영이가 취업하는 모습도 보고, 아이를 데려와 잘 키우는 모습까지 꼭 볼 거라고 하셨다. 나는 그게 큰 위로가 되었고 지금도 감사하다.

술을 처음으로 내 의지로 자제하게 된 계기가 있었다. 퇴근 전, 나를 위해 내 손을 꼭 잡고 진심으로 기도해 주시던 사회복지사 선생님을 보며, 더 이상 걱정을 끼치고 싶지 않다는 마음이 들었다. 그때부터 술을 자제하게 되었다. 심리 상담사 선생님은 "원래는 부모에게 받아야 할 관심과 사랑을 네가 사회복지사 선생님들을 통해 처음 느끼는 거야."라고 설명해주셨다. 누군가가 나를 진심으로 걱정하고, 올바른 길로 가길 바란다는 사실은 내게 큰 힘이 되었다. 처음으로 선생님들과 같은 어른을 보며 '나도 이런 멋진 어른이 되고 싶다.'라고 다짐했다.

시설 생활이 점점 힘들어지면서 남편과 자연스레 동거 이야기를 나누게 되었다. 남편은 처음 연애를 시작할 때부터 내 아이와 함께하는 삶을 계획하고 있었다. 남편이 먼저 동거 이야기를 꺼냈고, 대화를 나누는 동안 남편의 진지한 태도에서 믿음을 느낄 수 있었다. 그렇게 동거를 결심하며 미리 선생님들과 상담을 진행했다.

퇴소가 필요할 것 같고, 앞으로 동거를 준비하며 집을 알아보고 있다고 말씀드렸다. 선생님들은 처음에는 우려를 표현했지만, 사례 선생님만큼은 우리의 결정을 존중해 주셨다. 선생님께서는 "서영이 같은 스타일은 차라리 가정이라는 울타리를 꾸려 안정적으로 사는 게 더 나을 수 있어."라며 조언해 주셨다. 또한 남편이 항상 성실하게 일하는 모습과, 나와 함께 늦게까지 시간을 보내도 꼬박꼬박 출근하는 모습을 보며 책임감이 강하고 믿을 수 있다고 말씀하셨다.

선생님은 나에게 오히려 "서영이는 심리적인 부분에 귀를 기울이고 남편과 함께 나아지려 노력하고 적극적으로 아이와 놀이치료를 받는 모습을 보면 다른 사람들보다 아이를 더 잘 키울 수 있을 거야."라고 격려해 주셨다. 가끔 힘들어질 때면 선생님의 이 따뜻한 말씀을 다시 떠올린다.

우울증의 흉터들

우울증과 트라우마의 상처는 점차 아물어 갔지만, 가끔 덧나거나 다시 벌어져 아플 때도 있었다. 결국은 흉터로 남았지만, 나는 지금 그 흉터를 자랑스럽게 여긴다. 여러 사람의 지지와 심리 상담 덕분에 나는 우울한 감정과 신체 반응을 스스로 인지하고 다스리는 법을 배워 갔다. 상담은 보통 주 1회, 50분 정도로 진행된다. 한 주 동안 어떻게 지냈는지 간략하게 선생님께 이야기하며 내 상태를 점검했다. 그렇게 상담을 통해 내가 언제 기분이 저기압인지, 언제 술을 찾게 되는지, 언제 기분이 좋은지 하나씩 체크해 나가기 시작했다. 다행히 많은 이들의 지지로 나는 자살 사고를 멈출 수 있었고, 한 회사에서 일도 할 수 있게 되었다.

소피아의 가정 복귀 프로그램이 진행되면서 나는 육아휴직을 내고 이사도 했다. 남편이 출근하면 혼자 집에 있는 시간이 늘었다. 가정 복귀 준비를 마친 뒤 소피아는 완전히 집으로 오게 되었다. 감사하게도 아이는 새로운 환경에 잘 적응해 주었고, 어린이집 생활도 문제없이 잘 해냈다. 아이가 어린이집에 간 후에는 온전히 혼자 보내는 시간이 많아졌다. 이 시기부터 나는 사회 불안 장애 증상을 겪기 시작했다.

상담을 통해 알게 된 사실이지만, 선생님은 사람이 갑작스럽게 많은 환경 변화를 겪으면 스트레스를 받을 수 있다고 설명해 주셨다. 이사와 같은 물리적 변화뿐 아니라, 가족 구성원의 변화 역시 충분히 스트레스 요인이 될 수 있다고 하셨다. 처음에는 무슨 말인지 이해가 되지 않았다. 환경의 변화가 스트레스가 된다는 생각을 해본 적이 없었기 때문이다. 나는 처음에 일을 하다가 온전히 쉬게 된 상황이 마냥 좋기만 한 줄로만 알았다.

사회 불안 장애는 불안 장애의 한 종류로, 삶의 반경이 서서히 좁아지게 만든다. 처음 증상을 느낀 건 남편의 지인 아이 돌잔치에서였다. 모르는 많은 사람들과 마주 앉자마자 몸이 떨리고 어지러웠다. "여기 지금 너무 덥지 않아?"라고 남편에게 물었지만, 남편은 전혀 덥지 않다고 했다. 그런데 내 몸은 식은땀이 나고 복통이 밀려오기 시작했다. 돌잔치는 MC가 돌아가면서 질문을 하고 답하면 상품을 주는 방식으로 진행되었다. 내 차례가 되어 상품을 받으러 가는데 시야가 어지러웠다. 처음 겪는 증상이었기에, 무척 당황스러웠다.

며칠이 지나 심리 상담을 받으러 지하철을 타고 50분 정도 이동해야 했을 때, 나는 또다시 비슷한 증상을 겪었다. 지하철에 앉아 사람과 시선이 마주치면 몸이 떨리고 심장이 미친 듯이 뛰었다. 어깨와 목이 서서히 경직되면서 온몸이 굳어버리는 것만 같았다. 아무렇지 않은 척 걸어보려 해도 몸이 자꾸만 고장 난 기계처럼 뚝딱거리는 느낌이었다.

이런 증상이 계속되자 나는 점점 집 밖을 나갈 수가 없었다. 길거리를 걷다가도 모르는 사람과 눈이 마주치면 심장이 마구 뛰고 몸이 경직되었다. 대중교통을 타는 것도 어려워졌다. 친구를 집에 초대해 요리를 할 때도 누군가 내 행동을 지켜보는 것이 부담스럽고 떨려서 칼질조차 어렵고 힘겹게 느껴졌다. 생활 반경이 서서히 좁아진다는 게 어떤 뜻인지 깊이 체감했다.

집 밖으로 나가는 일을 점점 피하게 되었다. 나는 겉으로는 그저 쉬는 것처럼 보였지만, 사실은 자책으로 가득 찬 시간을 보내고 있었다. 머릿속으로는 '육아휴직 동안 공부해야 하는데, 자격증이라도 따야 하는데, 산책이라도 가서 햇볕을 쬐어야 하는데'라고 다짐을 반복했지만, 몸은 움직이지 않았다. 몸은 계속 쉬고 있었지만 온전히 쉬는 게 아니었다. 머릿속에는 끊이지 않는 미래에 대한 불안과 걱정이 나를 짓눌렀다. 결국 다시 술에 손을 대게 되었고, 내가 원하는 엄마의 모습이 되지 못한다는 자책감에 다시 무력감과 우울감의 굴레에 굴러떨어졌다.

심리 상담을 받으면서 내가 언제 술이 끌리는지 하나씩 체크해 보았다. 왜 그런지 알고 싶었다. 힘들 때마다 쉽게 술에 의지하고, 그로 인해 컨디션이 좋지 않아 다음 날 아이에게 짜증 내는 내 모습이 나의 부모님 모습과 겹쳐 보였다. 어렸을 적 부모님이 술을 마시는 모습을 보며 '나는 절대 저렇게 술에 의존하지 말아야지.' 하고 결심을 한 게 수백 번 수천 번이다. 결국 술에 기대는 모습을 보며 내가 술을 통제하는 게 아니라, 술이 나를 통제하고 있다는 생각이 들었다. 닮고 싶지 않았던 모습과 닮아가고 있다는 사실이 싫었고, 자제하지 못하는 내가 두렵고 화가 났다.

아직도 기억에 남는 일화가 있다. 심리 상담 선생님께 "선생님은 평소에 술을 마시지 않고 시간을 어떻게 보내세요?"라고 물은 적이 있다. 어렸을 때부터 나는 취미 생활이라는 것을 몰랐고, 부모님 두 분 모두 기쁘거나 슬플 때마다 늘 술을 마시는 모습을 보며 자라왔다. 부모님에게 '술'은 취미나 다름없었다. 여행을 가거나 친구들을 만나더라도 술은 꼭 빠지지 않았다. 나는 예전에 사회복지사 선생님께 신기하다는 듯이 여쭤봤던 기억이 있다. 술을 왜 안 좋아하시는지, 술을 마시지 않으면 저녁 시간에 뭘 하시는지. 술을 마시지 않는 친한 언니에게도 물어봤다. 친구를 만나거나 남편과 저녁 시간을 보낼 때, 술 없이 뭘 하는지 정말 알고 싶었다.

감사하게도 상담 선생님은 무조건 나와 술을 부정적으로만 엮어 보지 않으셨다. 오히려 살린 부분도 있다고 하시며 술이 나를 버티게 해준 순간들에 주목하며 공감해 주셨다. 나는 술에 대해 양가감정을 느꼈다. 술을 마시면 힘든 일을 잠시 잊을 수 있고 유쾌한 기분이 들었지만, 동시에 남들에게는 마시는 걸 숨기고 부끄러워해야 할 일로 여겼다. 그러나 선생님은 술에 대한 내 생각과 행동을 판단하거나 부정하지 않았다. 그저 나라는 사람을 있는 그대로 바라봐 주셨다. 덕분에 나는 술에 대한 복잡한 감정과 생각을 솔직하게 마주할 수 있었고 그것들을 조금씩 풀어낼 수 있었다.

또한 상담을 받으면서 나는 우울할 때 어떤 사이클로 빠지는지 스스로 점검하기 시작했다. 상담이 끝난 뒤에는 종종 마음이 뭉클하고 울적해지기도 했다. 그럴 때마다 상담에서 느낀 감정과 새롭게 떠오른 관점을 빠짐없이 글로 정리했다. 나는 우울해지기 시작하면 씻지도 않고, 청소는 뒷전이 되며, 계속 누워서 휴대폰만 만지작거리는 상태가 된다는 사실을 깨달았다. 사람들과 오랫동안 교류하지 않고 혼자 시간을 보내는 것이 나를 더욱 울적하게 만든다는 것도 알게 되었다. 저녁이 되면 결국 술에 의지하곤 했다.

이 사실을 깨달은 뒤, 나는 의식적으로 누구를 만나지 않더라도 매일 씻고 주변을 조금씩이라도 정리하기 시작했다. 햇빛을 보는 게 도움이 된다는 것을 알면서도 산책을 나가는 일은 귀찮고 발걸음이 떨어지지 않았다. 그런 나에게 상담 선생님은 햇빛이 잘 드는 곳에서라도 누워 있으라고 조언해 주셨다. 무언가를 하지 않고 쉬는 내 모습이 불안하게 느껴졌지만, 선생님은 일기가 아니더라도 오늘 했던 일들을 간단히 적어보라고 권유하셨다. 나는 그렇게 차츰차츰 시작했다.

이 시기에 나는 진로와 관련해 걱정이 많았다. 육아휴직이 끝난 뒤 복직을 해야 할지, 아니면 새로운 길을 찾아야 할지 고민이었다. 아이와 더 많은 시간을 보내고 싶다는 마음과 휴직 기간을 헛되이 보내고 싶지 않다는 욕구가 뒤섞여 있었다. 상담 선생님은 그런 나에게 육아를 하면서도 공부를 더 할 수 있는 사이버대학교를 추천해 주셨다. 학비도 저렴하고, 2학기 신·편입생을 모집하고 있었다. 마침 육아하면서도 공부를 더 할 수 있다는 생각에 기뻐서 바로 남편과 상의했다. 다행히 남편은 적극적으로 지지해주었다.

나는 사회복지학과와 상담심리학과 중에서 고민했지만, 남편은 의외로 명쾌한 해답을 주었다. "상담심리학을 공부하면 네 자신에게도, 우리 가족에게도 도움이 되지 않을까?"라고 말했다. 나는 남편의 조언을 거듭해서 생각해 보았다. 원래부터 내가 타인에게 관심이 많았고 사람들이 왜 그런 행동을 하는지 이해하는 데 흥미를 느꼈다는 것을 깨달았다. 나를 더 깊이 알고 싶다는 욕구도 있었다. 한편으로는 공부를 통해 잘되지 않더라도 자존감을 높이고 싶었다. 그렇게 나는 상담심리학과에 입학하게 되었다.

상담 선생님은 내가 가진 또 다른 자원을 발견해 주셨다. 내가 책 읽는 것을 좋아하고 글 쓰는 것을 좋아한다는 사실이었다. 어느 날 상담소에 조금 일찍 도착해서 대기하는 동안 책을 읽고 있었다. 상담이 시작되자 선생님이 무슨 책을 읽고 있었는지, 원래 책 읽는 것을 좋아하는지 물어보셨다. 내가 대답하며 부끄러워하자 선생님은 왜 부끄러워하냐고 물으셨다. 나는 책 읽는 것을 좋아한다고 하면 괜히 쑥스럽다고 말했다. 그렇게 몇 분 동안 책에 관해 이야기를 나눴다.

어릴 적 기억 중 하나를 떠올려 이야기했다. 초등학생 시절 학교가 끝나면 가끔 누가 시키지 않아도 도서관에 가서 책을 읽곤 했다. 선생님은 어른들이 시키지 않아도 혼자 도서관에 가서 읽은 게 대단하다고 칭찬해 주셨다. 상담이 끝난 뒤 집에 돌아와 어릴 때부터 내가 책을 읽고 글 쓰는 것을 얼마나 좋아했는지 하나씩 적어 내려갔다. 초등학교 때 작가를 꿈꿨던 일, 도서관 사서 선생님과 알고 지냈던 기억, 새로운 학년이 되어 국어책을 받으면 소설 파트를 가장 먼저 찾아 읽었던 일, 틈만 나면 서점에 가서 책을 구경하던 일, 그리고 소설책을 많이 읽는 나를 칭찬해 주셨던 고등학교 담임 선생님의 기억까지.

　상담에서 이야기를 꺼내고 글로 정리해 보니, 내가 책을 읽고 글 쓰는 것을 정말 좋아한다는 사실을 다시 깨달았다. 나의 또 다른 자원을 발견한 것 같아 기뻤다. 그날 이후 다시 즐거운 마음으로 책을 읽기 시작했고, 상담 선생님은 짧게라도 책을 읽고 독후감을 적어보라고 조언해 주셨다. 그러다 내 마음속 한켠에 책을 쓰고 싶다는 꿈이 있다는 것을 떠올리게 되었다. 상담을 통해 처음으로 그 마음을 입 밖으로 꺼냈다. 나는 취미를 되찾았다. 술을 마시면 책을 집중해서 읽기 어려웠다. 다시 책에 푹 빠지면서 점점 술보다 책을 읽고 글을 쓰는 시간이 훨씬 더 즐거워졌다.

나는 생각보다 강했다

심리 상담사 선생님들은 비관적으로만 생각하던 나 자신을 새로운 시각으로 바라볼 수 있도록 도와주셨다. 내가 혼자 수치심에 괴로워하며 부끄럽게 느꼈던 기억들을 꺼내 이야기할 때도, 선생님들은 나를 지지해 주셨다. 그럴 수밖에 없었던 나의 편을 들어주셨다. 처음으로 부모님에게 받아야 했을 '무조건적 수용'이란 이런 것이구나 깨닫게 도와주셨다. 그때부터 어린 시절의 내가 불쌍하고 안쓰러우면서도, 그런 시절을 버티고 살아낸 내가 대견하게 느껴졌다.

나의 장점을 조금씩 인정하게 되었고, 새로운 목표도 다시 세우기 시작했다. 과거로부터 자유로워지는 것, 자신을 소중히 여기는 것, 과거의 나쁜 점만 보지 않고 그 안에서 나에게 자원이 되었던 좋은 점을 찾아보는 것. 그리고 어린 시절에 멈춰 있던 나의 자아를 성장시키는 것이었다. 상담심리학 공부와 상담사라는 직업이 항상 성장해야 하는 부분이 나와 잘 들어맞았다. 다시 공부를 시작하면서 즐거움을 느꼈다. 가족에게도 긍정적인 영향을 미칠 수 있도록 바뀌는 것을 목표 삼아 집중하기 시작했다.

사회 불안 장애로 힘들어하던 시기에 나는 다시 정신과를 찾기로 했다. 심리 상담도 큰 도움이 되었지만, 우선 줄어든 생활 반경을 회복하는 게 시급했다. 정신과 약물에 대해 조금 부정적으로 생각하고 있었지만, 상담 선생님이 웃으며 새끼손가락을 펴고 "한 달은 혼자 끊지 않고 약을 먹는 걸로 약속하자."라고 하셨다. 나도 웃으며 알겠다고 답했다. 약을 복용하기 시작한 후, 나는 우울증과 불안 장애와 관련된 다큐멘터리를 보고, 정신과 의사 선생님들이 나오는 유튜브 영상도 찾아봤다. 관련 서적들도 읽으며 공부를 이어갔다.

학교 공부도 큰 도움이 되었다. 어느 날 PTSD에 관한 내용을 공부하다가 내가 모로코를 다녀온 직후 겪었던 증상들이 PTSD였다는 것을 처음으로 깨닫게 되었다. 그제야 계속 각성과 긴장 상태였던 내 몸의 반응을 이해하기 시작했다. 목부터 경직되고 내 마음대로 자연스럽게 움직여지지 않고 뚝딱거리는 경험을 했던 건, 불안 장애와 여러 가지 불안 요소를 공부해 본 결과 '투쟁-도피'란 반응이었다. 위협으로부터 나를 지키려 하는 방어 반응이었던 것이다. 무서움, 두려움 공포와 같은 감정을 느낄 때 특히 심했고, 상담 중에 어렸을 적 트라우마와 모로코에서의 경험을 이야기할 때 반응이 더 강하게 나타났다.

상담 선생님께서는 굳어진 표정과 몸짓을 보고 이를 캐치해주셨다. 나는 어렸을 때 힘들었던 이야기를 하면 자동적으로 몸이 경직되었다. 나를 지키려는 원시적인 반응이라고 하니 덜 불안했고 내 상태를 조금 더 편안하게 받아들일 수 있었다. 하지만 여전히 스트레스와 여러 가지 요인으로 몸이 자꾸 방어하려고 했다. 나는 그런 모습을 인정하고, 스스로 다독이는 연습을 시작했다.

약을 복용하면서 나는 술을 끊고 싶다는 의지를 의사 선생님께 여러 번 내비쳤다. 술을 마시면 다음 날 컨디션이 나빠지고 짜증도 늘었다. 무엇보다 아이 앞에서 술을 마시는 모습을 보이고 싶지 않았다. 대물림을 끊고 싶다는 마음이 간절했다. 술을 끊는 약도 처방받아 도움을 받기 시작했다. 술을 갑자기 끊게 되었을 때 나타날 수 있는 금단현상에 대해 알아보았다. 특히 술을 처음 끊게 되면 잠에 들기 어려워지는데, 이를 위해 수면을 돕는 약을 함께 복용하기 시작했다. 상담 선생님은 그 약들이 술을 대신하는 역할을 한다고 말씀하시며, 약이 몸의 긴장을 풀고 이완을 돕는다고 설명해 주셨다.

예전에 지속되는 치아 통증 때문에 치과에 갔지만, 아무 문제가 없었다. 알고 보니 불안하거나 긴장할 때마다 무의식적으로 어금니를 꽉 깨무는 습관 때문이었다. 상담 선생님은 내가 오래전부터 불안과 각성 상태에 놓여 있었고, 밤이 되면 무의식이 올라오고 이완이 되어야 하는데 그게 잘되지 않아 술을 찾게 되는 것 같다고 말씀하셨다. 되돌아보니 신기하게도 나는 낮술은 절대로 하지 않았다.

술은 처음에는 이완을 돕지만, 마실수록 마음을 더욱 불안하게 만들었다. 그렇게 불안해지면 다시 술을 찾게 되는 악순환에 빠져버렸다. 이후 약물 치료의 도움까지 받으며 술을 점점 끊을 수 있었다. 또한 불안 장애에는 술과 카페인이 좋지 않다는 것을 알게 되면서 커피를 마시는 횟수도 줄였다.

사회 불안 장애로 깨닫게 된 또 다른 점은 '터널 비전'이었다. 터널 비전은 사람이 긴장하거나 불안할 때 시야가 좁아지는 현상을 뜻한다. 어느 날 심리 상담소로 가던 길에 문득 내가 터널 비전을 겪고 있다는 걸 깨달았다. 상담소는 내가 어릴 때 살던 동네에 있는데, 고개를 들어보니 어느새 계절이 바뀌고 나뭇잎들이 많이 떨어져 있었다.

생각해 보니 어렸을 때는 이 길로 다니며 나무도 보고 사람들도 쳐다보고 했던 것 같은데, 지금은 바닥만 보며 최대한 사람들과 눈을 마주치지 않으려 노력한다는 것을 알게 되었다. 상담 선생님은 불안하면 터널 비전이 생기는 것이 자연스러운 현상이라고 설명해 주셨다. 집에 돌아와 터널 비전에 대한 정보를 찾아보고, 길을 걸을 때 의도적으로 시야를 넓게, 멀리 보려고 노력했다. 사람들과 눈이 마주치는 것도 자연스러운 일이라며 스스로를 다독였다.

그렇게 하나씩 나의 불안 요소와 우울의 메커니즘을 알게 되면서 요가를 시작했다. 나는 항상 몸이 각성된 상태였기에 이완이 필요하다는 사실을 깨달았다. 어려운 요가는 하지 않았고 저녁 시간 가볍게 이완할 수 있는 요가를 찾아 했다. 명상도 병행하기 시작했다. 심리학과 뇌과학 책을 읽으면 항상 결론이 운동과 명상이었기 때문이다. 그래서 매일 요가와 명상 시간을 꼭 가졌다. 또한 햇볕을 쬐는 게 우울증에 도움 된다는 사실을 알게 되어 처음에는 근처 놀이터에 가서 햇볕 쬐고 들어오곤 했다. 이후에는 10분씩 걷는 산책을 시작했고, 점차 시간을 늘려갔다.

사람들이 긴장하거나 불안할 때 심호흡을 하라는 조언을 이해하지 못했지만, 심호흡이 불안 장애에 효과적이라는 것을 알게 되면서 유튜브에서 '꿀벌 호흡'도 배워 불안할 때마다 활용하기 시작했다. 심호흡은 하나의 응급처치였다. 대중교통에서 누군가와 눈이 마주쳐 몸이 경직될 때 심호흡을 하며 스스로 다독였다. '사실 사람들은 누가 떨고 있는지 잘 모르니까, 괜찮아. 지금도 잘하고 있어.' 나는 인지 행동 치료에도 관심이 많아 관련 책을 읽고 공부하며 스스로 단계를 설정해 점점 실천해 나갔다. 처음에는 버스를 탈 때 사람들과 눈이 마주치면 '괜찮네, 별거 아니야.'라고 생각했다. 그게 편안해지자 다음에는 아이를 등원시키며 선생님들과 인사를 나눴다. 이후에는 웃으며 눈을 마주치고 인사하기 시작했다. 모르는 사람이 말을 걸어도 웃으며 화답했고, 엘리베이터에서 이웃을 만나면 먼저 인사하기도 했다. 단계를 하나씩 올리며 실천하니 정말 별거 아니었다. 자신감이 붙기 시작했다.

불안하다고 환경을 점점 좁히면 더욱더 힘들어진다는 사실을 깨닫고, 일부러 독서 모임에 참여하기도 했다. 처음 독서 모임에 갔을 때는 시야가 어지럽고 몸이 경직되는 것을 느꼈지만, '사람들은 내가 떠는 걸 몰라. 그리고 약을 먹었잖아. 괜찮아.'라고 스스로 다독였다. 그렇게 조금씩 사람들과 이야기를 나누며 한두 명씩 알게 되었고, 내 차례에 소감을 나누는 것도 점점 수월해졌다.

계속해서 몸이 원시적인 반응으로 적색경보를 울릴 때마다 '지금은 위험한 상황이 아니야.'라고 반복해 생각하며 마음을 진정시켰다. 그리고 남편에게도 이야기했다. "내가 밖에서 너무 떨릴 때 손을 잡아줘. 아니면 나랑

잠깐 밖에 나가줘." 남편도 나를 도와줬고, 어느 날은 "네가 떨고 있다는 걸 전혀 모르겠어."라고 말해주었다. 믿을 수 있는 사람이 곁에 있다는 사실이 든든했고, 사람들이 내가 떨고 있다는 걸 눈치채지 못한다는 확신이 생겼다.

시간이 지나면서 술에 대한 생각을 깊이 들여다보고, 술을 찾게 되는 원인을 뿌리째 뽑았다. 사실 알코올에 중독된 사람들은 병원에 입원하거나 술을 못 마시게 되는 상황에서 일시적으로만 금주할 뿐, 퇴원하면 다시 술을 찾게 되는 경우가 많다. 하지만 나는 술을 끊기 위해 내 뿌리 깊은 원인을 직면하고 해결하기로 했다.

어느 날 심리 상담 중에 어렸을 적 아빠에 대해 이야기하게 되었다. 아빠는 술을 마시거나 낮에도 기분이 좋지 않으면 내가 조금만 거슬려도 나를 때렸다. 아빠는 우는 걸 특히 싫어했다. 내가 맞아서 아프고 속상해 울면, 아빠는 "그만 울라"며 더 때리곤 했다. 울음을 억지로 참으려다 끅끅거리면 그것도 우는 것으로 간주되어 더 맞았다. 그런 순간마다 나는 누군가가 나를 보호해 주고 이 상황이 끝나길 간절히 바랐다. 결국, 아빠가 잠들면 몰래 베개에 얼굴을 묻고 조용히 울었다.

그렇게 성장한 나는 술만 마시면 우는 게 술주정이 되어버렸다. 진상처럼 울었고 주변 친구들은 분위기를 망친다며 싫어했다. 술을 끊기 직전까지도 술만 마시면 감정을 억제하지 못해 목 놓아 울기도 했다. 상담 선생님은 최근 맨정신에 울어본 적이 언제인지 물으셨다. 나는 최근에는 없었고 심리 상담에 와서 이야기하면서 우는 게 다라고 말했다. 그런데 선생님은 상담에 와서도 눈물을 시원하게 쏟아내지 못하는 것 같다고 하셨다.

무의식적으로 눈물에 대한 부정적인 생각이 자리 잡고 있어서, 그 때문에 감정을 억누르며 지냈던 것 같다. 그 말을 듣고 나니 슬플 때 우는 걸 억압하는 내가 안쓰럽게 느껴졌다. 그후 나는 "울어도 괜찮아. 슬플 때는 슬픔을 온전히 느껴도 돼."라고 스스로를 다독였다. 지금은 술을 마시지 않아도 울고 싶을 때는 그냥 운다. 슬플 때는 울고, 날마다 울적해졌던 밤에는 취미 생활을 하며 시간을 보낸다. 술 없이도 감정을 다룰 수 있고, 나를 이해하고 돌보는 법을 배웠다. 나는 술을 찾게 했던 뿌리 깊은 원인을 뽑아내며 술로부터 벗어났다.

3장

죄책감을 인정하고 나아가기

타인이 아닌 나를 먼저 인정해 주세요

우리는 누구나 남에게 인정받기를 원한다. 사람이라면 누구나 인정욕구가 있다. 나도 어렸을 적부터 불안감이 높고 산만해서 많이 혼났지만, 선생님이나 가족들에게 끊임없이 인정받기를 원해왔다. 사회에 나와서는 한 어른으로서, 친구로서, 엄마로서, 아내로서, 직업인으로서 인정받기를 원했다. 하지만 남들에게 인정받는 일은 쉽지 않다.

노력을 정말 많이 해야 하고, 때로는 아무도 알아주지 않아 속상하기도 하다. 남이 인정해 주더라도 텅 빈 공허함에 갇히는 경우도 있다. 인정받기 위해 더 욕심을 부리기도 하고, 남이 인정해 주지 않는 것 같으면 화가날 때도 있다. 그런데 그렇게 되기 시작하면 내가 지쳐 나가떨어지게 된다. 괜히 나를 알아주지 않는 것 같아 가족들에게 화를 내기도 했다. 아무

것도 하지 않은 날에는 나 자신이 너무 한심해 보이기까지 했다.

나는 어느 순간, 내가 나를 잘하고 있다고 인정해 주지 않으면 아무리 남에게서 채우려 해도 채워지지 않는다는 사실을 깨달았다. 그야말로 '밑 빠진 독에 물 붓기'였다. 그동안 나를 소중히 여기지 않았다는 점도 알게 되었다. 예전 심리 상담사 선생님과의 상담이 떠올랐다. 남편과 연애하던 시절, 처음 동거를 시작했을 때의 이야기다. 나는 갑작스럽게 시설에서 나와 환경이 완전히 바뀌었고, 그로 인해 혼란스러운 감정을 상담 중에 털어놓았다. 남자친구와 단둘이 살게 되면서 고민을 털어놓을 사회복지사 선생님들도 곁에 없었고, 남자친구가 일을 하러 나가면 깊은 우울감에 빠졌다.

심지어 잠을 12시간~17시간씩 종일 자며 현실을 회피하기도 했다. 상담 선생님은 나의 이야기를 깊이 들어주신 뒤, 처음으로 안락한 집을 마련했으니 방을 나만의 공간으로 꾸며보라고 조언해 주셨다. 하지만 그때는 그 말씀이 무슨 뜻인지 잘 이해하지 못했다.

나중에 공부하면서 깨달은 점이지만, 나는 이제껏 우울해하면서 나를 소중히 대한 적이 없었다. 혼자 있을 때면 배달 음식을 시켜 먹거나, 집에 있는 인스턴트 음식을 전자레인지에 돌려 대충 때우곤 했다. 어느 날 유튜브로 우울증 관련 영상을 보다가 우연히 박상미 교수님의 영상을 보게 되었다. 건강한 정신상태를 유지하는 방법에 대하여 순차적으로 설명해 주셨는데, 그중 강하게 끌린 내용이 있었다. 밥을 먹어도 대충 먹지 말고 예쁜 그릇에 담아 내가 좋아하는 걸 먹여주라는 조언이었다. 그 말을 듣고 지금까지 나를 홀대했던 기억들이 떠올랐다. 그런 경험과 배운 점들로 나를 홀대하는 것을 서서히 멈추게 되었다. 〈유튜브 채널: 지식인사이드, "우울증을 경험할 때 나타나는 진짜 감정들" (박상미 교수 2부)〉

처음에는 저녁밥 먹고 남은 음식을 아침에 먹을 때 국그릇에 따로 덜어내고, 반찬도 조금씩 담아 정성스럽게 먹는 것으로 시작했다. 식사 후에는 내가 좋아하는 컵에 아이스아메리카노를 만들어 마셨다. 그렇게 나를 조금씩 대접하기 시작했다. 혼자 아침밥을 차려 먹고 커피까지 만들어 마시는 내가 내심 뿌듯하기도 했다. 영양제도 꼬박꼬박 챙겨 먹었고, 비록 온 집안을 치우진 못했지만, 깔끔한 환경에서 쉬고 싶어서 내 시야에 보이는 부분만이라도 정리하고 휴식을 취했다.

또한 대학 공부를 하면서 식탁이나 거실의 좌식 테이블에 앉아 공부했는데, 허리가 몹시 아프기도 했고 식탁에서 공부할 때마다 요리 후 치워야 해서 번거로웠다. 그러던 중, 『김미경의 마흔 수업』을 읽고 나만의 책상을 꿈꾸기 시작했다. 결국 저렴한 책상 하나를 방 한쪽 구석에 마련할 수 있었다. 새로 생긴 책상은 너무나 소중했고 내 취향대로 꾸몄다. 드디어 집안 살림과 내 공간이 분리되고 온전히 집중할 수 있는 공간이 생기자 열정이 샘솟는 것 같았다.

그제야 이전 상담 선생님이 나를 위해 "방을 꾸며보라."고 하셨던 말씀이 비로소 이해되었다. 나는 내가 좋아하는 향기의 디퓨저를 놓고 쉬는 공간만큼은 조금이라도 청소하며 깨끗하게 유지하려 노력했다. 나를 소중하게 대하는 법을 조금씩 실천하면서 내가 소중한 사람이라는 사실이 믿어졌다. 이 과정을 일기에 기록하고 사진도 남기며 뿌듯함을 느꼈다. 그렇게 혼자서도 많은 것을 해낼 수 있는 사람이라는 자신감을 얻었다.

지금도 우울함에 깊이 빠져 나의 가치를 전혀 느끼지 못하고 있다면 나를 위한 무언가를 시작했으면 좋겠다. 3분이나 5분도 좋고 정말 사소한 것도 좋다. 아침에 한잔 물을 챙겨 마시는 것, 영양제를 먹기 시작하는 것, 미뤘던 건강검진을 받는 것 모두 내 건강을 위한 일이다. 친구에게 전화해서 수다를 떨며 기분을 전환하거나 책을 읽으며 지식을 쌓는 일도 나를 위한 시간이 될 수 있다. 인스턴트를 먹더라도 그릇에 담아 먹기 시작하는 것, 내가 좋아하는 향으로 샤워하기, 날씨 좋은 날 햇볕에 이불 건조하기, 휴식을 취할 때 집이 깔끔한 게 좋다면 내 시야에 보이는 것이라도 치우기, 눈물이 터져 나올 때 그대로 우는 것 등.

이처럼 일부러 시간을 만들어서라도 나를 위한 무언가를 해보는 것은 어떨까. 나 역시 우울이라는 무게에 짓눌려 손가락 까딱하기 힘들었고 나를 위해서는 아무것도 할 수 없을 것만 같은 부담감에 시달렸다. 하지만 아주 작은 일이라도 시작하면 금세 탄력이 붙어, 나를 위한 다른 일도 자연스레 시작할 수 있게 된다.

그렇게 자신감을 조금씩 되찾으며, 이전부터 잘하지 못한다고 여겼던 일들을 하나씩 해보기로 했다. 예를 들어, 나는 다른 쪽에는 자신이 있지만 꼼꼼하게 조립하거나 세세한 작업이 필요해 오랫동안 붙잡고 있는 것을 잘하지 못한다고 생각했다. 앞서 이야기한 책상과 의자는 남편의 도움 없이 내가 처음부터 끝까지 조립했다. 항상 남에게 부탁했던 가구 조립을 혼자 해냈다는 사실에 뿌듯함을 느꼈다. 또 꼼꼼하게 지속하는 일에 약하다고 생각했던 나는 보석 십자수도 조그마한 것부터 완성시키기 시작했다.

좌절 경험이 가득한 일들을 다시 직면해 보기로 했다. "나는 ○○을 잘못 해."라고 생각했던 것들을 쉬운 단계부터 도전하고 "거봐, 할 수 있잖아!"라고 스스로를 인정해 주고 싶었다. 중간에 힘들어서 그만두고 싶어질 때면 마음 한켠에 심판관이 나와서 "봐봐, 너 또 제대로 못 하잖아. 그러게 왜 시작했어?"라고 하는 말이 들려왔지만 어쨌든 정말 싫어하는 일들을 다시 시작해 직면한 나에게 잘했다고 이야기했다.

이런 과정들은 일기에 남기기도 하고, 일기가 귀찮을 때는 사진으로 기록해두었다. 물론 나름대로 부단히 노력했음에도 다시 무기력에 빠지는 날도 있었다. 그럴 때면 나의 기록을 다시 살펴보았다. 그리고 이렇게 되뇌었다. '그래, 내가 이런 것들도 해냈는데. 또 못할 게 뭐람?' 그러면 다시 기운을 차릴 수 있었다. 어떤 일에 자신이 없더라도, 그동안 미뤄두었던 사소한 것부터 시작해 보면 어떨까. 거창한 목표일 필요도 없고 사소하고 평범한 일이어도 충분하다.

예를 들어, 영어에 자신이 없다면 하루에 단어 5개 외우기, 책을 평소에 읽고 싶었지만 미루고 있었다면 하루에 3페이지만 읽기, 산책하기로 마음 먹었지만 어렵다면 집 앞 놀이터 벤치에 5분만 앉아 있다 오기, 일기 쓰고 싶다면 오늘 있었던 일들만 간단히 쓰기 등. 이처럼 작은 것부터 시작하면, 할 수 없는 일이라며 단단히 가둔 나의 고정관념들이 깨어지기 시작한다. 새로운 내 모습을 발견하며, '나도 이런저런 일들을 할 수 있구나!' 하고 성공 경험이 쌓인다. 그러면 자연스레 자기효능감도 서서히 올라가게 된다. 내가 스스로 던진 작은 목표에서 재미를 느끼며, 그 과정을 지속할 수도 있다. 중간에 하다가 포기해도 괜찮다. 그렇게 싫어하고 미루기만 하던 일들을 시도한 나 자신을 대견하게 여겨주었으면 좋겠다.

나를 위한 매뉴얼

자신을 잘 아는 것은 무척 중요하다. 나 자신을 잘 알아야 삶을 살아가는 데 무엇을 가장 원하고 무엇을 가장 중요하게 여기는지 알 수 있다. 그래야만 미래를 더 다채롭게 그려갈 수 있다. 나는 나 자신을 알려고 노력을 많이 해왔다. 자신을 알게 되니 마음의 용량을 파악할 수 있었고, 어떤 상황에서 기쁨을 느끼고 즐거워하는지, 또 어떤 상황에서 화가 나고 슬퍼지는지 이해하며 조금씩 대비할 수 있게 되었다. 감정은 날씨와도 같아서 일 년 내내 맑을 수만은 없다. 흐리고 비가 오면 우산을 쓰듯이, 내 감정을 잘 알고 조절하려면 먼저 내 감정을 잘 파악하고, 무엇을 해야 할지 알아야 한다.

나는 올라오는 감정을 다시 보고 다스리게 된 시점은 물론 심리 상담의 도움을 많이 받았지만, 일기 또한 큰 도움이 되었다. 『리더의 말 그릇』을 읽으며 알게 된 사실인데, 사람은 감정 표현 어휘를 사용하는 것만으로도 개인이 느끼는 고통의 정도가 실제로 줄어든다는 점이었다. '감정의 언어화'라는 효과가 다양한 연구에서 확인되었다고 한다.

감정을 언어로 표현하면 감정에 압도되어 이성을 잃을 가능성이 줄어든다고 한다. 물론 감정을 그 순간 바로 표현할 수 있다면 가장 좋지만, 그렇지 못할 때 나는 감정 일기를 썼다. 일기에는 필터링 없이 감정을 솔직하게 적는 것을 목표로 했다. 또한 가장 편안한 상대인 가족들과 대화하면서 내 감정을 솔직하게 표현하려 노력하고 있다.

생각보다 표현할 수 있는 감정의 단어들은 매우 많다. 글로 적거나 말할 때 단순히 '짜증 난다.'라고 표현하기보다는, '답답하고 내 마음을 몰라준 것 같아서 서운했다.'처럼 구체적으로 표현하는 것이 좋다. 이렇게 구체적으로 표현할수록 내 감정이 다채로워지고, 시야도 넓어진다. 만약 감정을 표현하는 어휘를 잘 모르겠다면, 감정 표현 어휘 리스트를 참고하자. 자주 연습할수록 감정의 표현이 풍부해지고, 어떤 감정이 올라왔는지 더 잘 자각할 수 있다.

예시와 내 일기

1. 요즘 내내 기분이 좋지 않다. 왜 그럴까? 저번 주까지 컨디션이 좋지 않았다. 이번 주는 많이 회복했지만, 기분이 여전히 싱숭생숭 엎치락뒤치락한다. 그래, 3월 내내 바빴지. 이제 숨을 고르려 했더니 시험 기간이다. 심리 상담 받고 소화되지 않은 감정이 오르락내리락, 시험 때문에 무의식적으로 부담감, 집에 혼자 있을 때 허전함. 그래. 겹겹이 쌓인 거겠지. 일단 다음 주 시험 보고 나서 한 꺼풀씩 벗겨 나가보자.(2024년 04월 17일)

2. 천진난만했던 아이 같은 내 모습을 점차 잃어가고 있다는 생각이 든다. 감정 표현에 솔직하고 울고 싶으면 울고, 웃고 싶으면 웃던 내가 조금씩 감정을 절제하는 게 씁쓸하기도 하다. 원래 사회로 나와 어른이 된다는 것은 이런 것일까? 심리 상담 때 이야기해야겠다. 오늘도 원가족에 관한 이야기를 정리했는데 슬프기도 하고 화가 나기도 하는 감정이 왔다 갔다 했다. 아무래도 슬픔의 감정을 더 깊이 바라봐야 할 것 같다.(2023년 12월 07일)

감정은 좋은 감정과 나쁜 감정이 따로 없다. 옳고 그름도 없다. 감정 일기를 필터링 없이 쓰고, 감정을 바라보고 표현하기 시작하면 감정과 상황을 객관적으로 볼 수 있게 된다. 한발 물러서서 '내 마음이 이렇게 느꼈구나.' 하고 감정을 수용할 수 있게 된다. 감정을 뜯어고쳐야 한다고 생각하지 말고, 그저 있는 그대로 바라보고 인정해 주자. 우리에게 쓸모없는 감정은 하나도 없다.

『당신이 옳다』를 읽으며 기억에 남는 몇 가지가 있다. 정혜신 작가는 다른 사람의 말을 들을 때 '충조평판'을 하지 말라고 강조한다. '충조평판'이란 충고, 조언, 평가, 판단을 뜻한다. 나는 이 부분을 읽고 나서 실행에 옮겼고 가족과 대화할 때 실제로 효과를 느꼈다. 그리고 이 '충조평판'을 타인에게만 적용하는 것이 아니라 나 자신에게도 적용해야겠다고 생각했다. 떠오르는 감정들을 수치스럽다고 판단하지 말고, 이런 감정을 느끼는 나에게 화를 내지도 말고, 감정을 억누르라는 조언조차 하지 않기로 했다.

또 이 책을 읽으며 깊이 감명받은 구절이 있다. '너 마음은 어떤 거니? 지금 괜찮은 거니?'라는 문장이다. 이 문장을 떠올리며 스스로에게도 한 번씩 이런 질문을 던져 봤으면 좋겠다. 내가 그런 감정을 느꼈던 사실들을 바라보고 '애썼어. 고생했어.'라고 한마디 해주자. 또한 내 감정이 보통 어떤 상황에서 화가 나고, 슬퍼지는지 기록하며 알아가는 것도 중요하다. 그리고 궁금증을 가지고 왜 이렇게 느꼈던 건지, 어떻게 다스릴 수 있는지 고민해 보면 좋겠다.

정말 '나만의 매뉴얼'을 만들어서 몸 건강뿐 아니라 마음의 상태도 같이 돌봐줄 수 있으면 좋겠다. 예를 들어, 특정한 상황에서 폭발적으로 화가 나고 흥분하게 된다면, 그 상황에 대처하는 방법을 미리 생각하거나 아예 그런 상황을 만들지 않도록 노력할 수 있을 것이다. 또 어떤 특정한 상황에서 울적한 기분이 든다면, 그 감정을 바라보며 긍정적인 방식으로 대처할 방법을 찾을 수도 있을 것이다.

'나를 위한 매뉴얼'을 만들 때, 내가 무엇을 하면 삶의 에너지가 활기로 넘치는지 아는 것도 중요하다. 반대로 무엇을 하면 우울해지고 싫어지는지, 반복하게 되는 나쁜 습관을 아는 것도 매우 중요하다. 나는 이 부분을 글쓰기를 통해 정리하는 것을 추천한다. 개인적으로 나는 Q&A 형식으로 구성된, 최대한 두껍지 않은 다이어리를 구매해 쓰기 시작했다. 그 다이어리들은 삶에 대한 다양한 질문들이 담겨 있다. 부담 없이 쓰고 싶을 때 몰아서 쓰기도 하고, 쓰다가 괴로웠던 기억들이 떠올라 쓰기 싫어지면 잠시 멈추기도 했다.

그렇게 내 삶에서 무엇이 중요한지, 왜 그렇게 생각하는지를 적어 내려갔다. 쓰다 보니 소중한 가치관과 미래에 대한 희망을 다시금 발견할 수 있었다. 생각보다 내가 어떤 것을 중요하게 여겼고, 어떤 일을 할 때 즐거워했는지 상기할 수 있었다. 그 과정에서 앞으로 삶을 활력 있게 만들어 줄 활동들에 초점을 맞추어 살아가고 싶다는 희망도 부풀었다. 특히 나에게 중요한 가치관 중 하나는 '가족 울타리'였다. 가족은 내 삶에 큰 활력을 불어넣어 주는 원천이다. 나는 매뉴얼을 완성하기 위해 가족과 함께 살아가기 위해 내가 어떤 노력을 할 수 있을지에 대해서도 고민하며 적어보았다. 이 매뉴얼은 당연히 사람마다 달라질 수 있다. 당신의 가치관 또한 존중받아 마땅하며, 무척 소중하다.

삶의 활력을 찾기 전에 무엇을 좋아하는지조차 잘 모르겠다면 기질 검사를 추천한다. 요즘 유행하는 MBTI도 있고, 나는 따로 TCI라는 기질 검사를 받기도 했다. 외향적인 사람은 외부에서 에너지를 얻는 활동을 즐기고, 내향적인 사람은 내적으로 정리하며 에너지를 얻는 것을 선호한다. 예시로 나는 외향적이지만 내향적인 면도 있다. 내 성향을 알게 되면서 매일 산책하거나 독서를 하며 혼자만의 시간을 즐기기도 하고 여건상 외출이 어려울 때는 친구와 전화로 수다를 떨며 기분을 전환하기도 한다. 가끔은 새로운 사람들과 대화할 기회를 찾아 나가기도 한다.

이처럼 자신의 성향을 이해하면 스트레스를 관리하고 에너지를 얻는 법을 알게 되며, 삶의 활력을 되찾는 방법도 쉽게 찾을 수 있다. 또한 성향을 이해하면서 나 자신뿐만 아니라 사랑하는 가족들을 이해하는 데도 많은 도움이 되었다. 우리는 혼자 살아가는 존재가 아니라 관계 속에서 살아가기 때문에 내 성향을 알고 대비하며 다른 사람들의 성향을 있는 그대로 받아들이고 서로 수용하는 것이 중요하다는 것을 깨달았다.

　모든 성향은 감정과 마찬가지로 옳고 그름이 없다. 성향은 다를 뿐이며, 모두 존중받아 마땅하다. 관계 속에서는 서로의 성향과 욕구를 이해하고, 억지로 바꾸려 하기보다는 있는 그대로 존중하는 것이 바람직하다. 나를 알면 타인과의 관계에서도 큰 도움이 된다. 나를 알고 존중하다 보면 내가 소중한 만큼 다른 사람도 소중하게 여겨지고, 자연스럽게 존중하게 되기 때문이다.

　마지막으로, 취미를 꼭 찾기를 추천한다. 취미는 한 가지여도 좋고 여러 가지여도 좋다. 취미와 관련된 동호회에 나가 사람들과 교류해 보는 것도 좋은 방법이다. 나는 사람에게 여러 기둥이 있다고 믿는다. 이 기둥들은 우리의 삶을 받쳐주는 역할을 한다. 한 기둥이 흔들리고 무너져도, 다른 기둥들이 튼튼하게 지탱해 주기 때문에 삶 전체가 무너지지 않을 수 있다. 예를 들어, 취미 활동이나 삶의 활력을 불어넣어 주는 일, 나의 존재를 소중하게 느끼게 해주는 역할들, 직업, 사랑하는 사람 등이 모두 사람을 지탱해 주는 기둥이 될 수 있다. 나에게도 그런 기둥들이 있다. 엄마와 아내로서의 역할, 학생으로서의 역할, 그리고 독서와 다양한 취미 활동들이 나를 든든하게 지탱해 주는 기둥들이다.

만약 하나의 기둥이 뿌리뽑힐 듯 흔들린다 해도, 다른 기둥들이 튼튼하게 버텨주고 있다면 앞으로 닥칠 어려움도 이겨낼 수 있다고 믿는다. 모두가 자신의 기둥을 찾아 자랑스러워하고 사랑했으면 좋겠다. 그 기둥들은 여러분이 힘든 시간을 버틸 수 있도록 든든하게 지지해 줄 것이다.

나에게 절대 하면 안 되는 말

2023년 어느 날, 내 상태가 아주 좋아졌다. 문득 옛날 일기장을 펼쳐보니 '죽고 싶다.'라는 말이 유독 많이 적혀 있었다. 마음이 갑자기 쿵 내려앉았다. 요즘 나는 사는 게 무척 즐겁다. 물론 가끔 힘들 때도 있지만, 삶에 대한 만족감과 미래에 대한 기대감으로 충만하다. 일기를 보며 문득 이렇게 생각했다. '나 정말 많이 우울했었구나. 죽고 싶다는 말을 이렇게 많이 했을 줄은 몰랐네. 하긴, 그땐 기댈 곳도 없었지.'

요즘 내 또래 친구들도 "죽고 싶다.", "하기 싫다.", "~해야 돼.", "너무 힘들다." 같은 말을 자주 한다. 나도 과거엔 습관처럼 그런 말을 했다. 여름이면 "아, 더워 죽겠다." 겨울이면 "아, 추워 죽겠다." 또는 "짜증 나, 죽고 싶다." 무심코 내뱉던 이 말들이 내 마음에 더 무거운 짐을 얹고 있었다는 걸 깨달았다.

그러던 어느 날 인터넷에서 '죽고 싶다' 같은 부정적인 말을 하면 내 귀와 뇌가 그 말을 듣고 반응한다는 글을 읽게 되었다. 그 순간 나에게 큰 충격으로 다가왔다. 그날 이후 '죽고 싶다.'라는 말은 나에게 금기어가 되었다. 만약 무심코 그 말을 뱉었을 때면 "아, 맞다. 죽고 싶다는 말은 하지 말자."라고 스스로에게 상기시켰다.

부정적인 말 습관을 바꾸면서 "~해야 돼." 같은 수동적인 표현 대신, "내가 이걸 하기로 선택했어."나 "일단 해보자." 같은 능동적인 표현을 사용하기 시작했다. 처음엔 어색했지만, 혼자 있을 때라도 직접 말해 보니 조금씩 일이 즐거워졌다. 그리고 무언가를 시작하면 "어? 나 이거 좀 하네?"라는 생각이 들면서, 스스로에 대한 칭찬과 감사함으로 이어졌다. "그래도 내가 일할 곳이 있어서 다행이야.", "따뜻한 집이 있어서 겨울에 밖에서 안 자도 되니 감사하다." 같은 사소한 감사가 떠올랐다.

작은 시작이지만 '죽고 싶다' 같은 부정적인 말부터 끊어내 보자. 대신 "할 수 있다.", "일단 해보자." 같은 긍정적인 말을 반복하며 작은 변화를 만들어 보자. 언어는 강력한 힘을 가지고 있다. 불편한 마음을 단어로 표현하거나 글로 적어 시각화하면 그 감정은 점차 가라앉는다. 나는 이 효과를 몸소 느꼈다. 우리가 흔히 말하는 '나비효과'를 기억하자. 작은 변화를 통해 우리는 점차 자신에게 "나는 좀 멋지지.", "나는 다재다능한 사람이야."라고 칭찬할 수 있게 된다. 부정적인 말을 끊어내는 것이 바로 첫 번째 계단이다.

부정적인 말을 끊었다면 이제 스스로를 칭찬하는 걸 시작해 보자. 아주 사소한 것으로도 충분하다. 처음에는 거울을 보며 "너 정말 멋져. 너는 가치 있는 사람이야."라고 말하는 것부터 시작할 수 있다. 처음에는 어색하고 쑥스러워 피식 웃게 될 수도 있지만, 괜찮다. 나도 그랬다. 만약 거울을 보고 말하는 게 어렵다면 속으로 생각날 때마다 스스로에게 말을 걸어 보자. 나도 혼자 있을 때, 지하철에서, 버스에서, 또는 집에서 문득 떠오를 때마다 스스로를 칭찬해 주었다. "내가 나에게 친절해야지, 그래야 남에게도 친절하고 관대해질 수 있다."라는 것을 깨달았기 때문이다.

꼭 정형화된 방식일 필요는 없다. 예를 들어 요리에 자신감이 없다면 시작하기 전에 "하기 싫다." 대신 "일단 해보자. 괜찮겠지."라고 스스로를 격려해 보자. "죽고 싶다."라는 생각이 들 때는 "무슨 소리야? 너 정말 가치 있는 사람이야. 멋져!"라고 말해주자. 일하기 싫을 때는 "일단 출근하자! 아자아자!"라고 외쳐 보자. 처음엔 웃음이 날 수도 있지만, 그렇게 기분이 좋아진다면 충분히 의미 있는 변화다.

나를 인정한다는 것에 대하여

    나를 인정하는 것은 자존감을 키우는 데 매우 중요하다. 나를 인정하고 신뢰하기 시작하는 게 첫 출발점이다. '나는 어떤 사람일까?'를 고민해 보고, 내가 지치고 힘들 때 1년 동안 성취한 부분을 적어보자. 그리고 나의 버킷리스트를 적어보자. 적다 보면 생각보다 많은 것들을 이뤘다는 사실에 놀랄지도 모른다. 정말 사소한 부분부터 적기 시작해도 좋다.

    나는 한 해를 마무리하며 월별로 내가 성취한 일들을 적었다. 예를 들면 이전에 미루기만 했던 운전면허를 취득했다면 그것을 적고, 휴가 때 다녀온 곳을 추억하며 새로운 경험에서 무엇을 느꼈는지 적었다. 어떤 것이든 작은 성취라도 빠짐없이 적어보자. 그 자체로도 나를 돌아보고 인정해주는 데 큰 도움이 될 것이다. 이건 나의 예시다.

5월   미루던 운전 면허증을 드디어 취득했다. 소피아의 원가정 복귀도 완료했다. 에버랜드에 가서 스페셜 사파리 투어도 했다! 호랑이랑 사자, 곰 등을 아주 가까이서 보고 먹이도 직접 주었다. ○○언니 가족과 우리 가족이 함께한 멋진 경험이었다.

6월   소피아를 어린이집에 첫 등원시켰다. 치과에서 스케일링도 받았고, 회사 일로 오래 못 만났던 친구들과도 만났다. 매주 수요일에는 개인 심리 상담도 꾸준히 받았고, 놀이치료도 지원받아 시작했다. 또한 〈고딩 엄빠〉 촬영도 진행했다. 매주 목요일에는 소피아 구몬을 시작했다.

11월   오빠 휴가가 시작되어서 일본으로 여행을 다녀왔다. 일본에 오랜만에 가서 좋았다. 평생의 버킷리스트였던 디즈니랜드에 가서 행복했다. 그리고 그다음 주부터는 정신과에 가서 사회 불안 장애 약을 복용하기 시작했고 술도 끊었다. 왼쪽 위에 이가 항상 아팠는데 사랑니도 뽑았다. 학부모 상담도 다녀왔으며 대학교에서 하는 특강에도 참여하게 되었다.

이런 식으로 정말 사소한 부분이라도 적어 보는 것을 추천한다. 미루어 두었던 일을 그달에 해결했다면 그 부분을 적어도 좋고, 새로운 일을 시작했다면 그 또한 기록해도 좋다. 이렇게 내가 1년 동안 해낸 일들을 보고 있자면, '아무것도 하지 않고 보냈다'라는 절망에서 벗어날 수 있다.

한 해 동안의 성취를 정리하고 상기하다 보면, 바쁘고 열심히 내가 대견하게 느껴진다. 아무것도 하지 않았다고 스스로를 책망하거나 비난하지 말고, 한 해를 보내며 무엇을 했는지 하나씩 적어보고 시간을 알차게 보낸 자신에게 대견하다고 칭찬해 주자. 나 역시 이렇게 정리를 마친 뒤, 내 1년을 돌아보며 느낀 점들도 솔직하게 적었다.

'12월까지 내가 해낸 일들을 쭉 정리해 보았다. 사실 작년에 별로 한 게 없다고 느꼈다. 그런데 이렇게 적어보니, 생각보다 이것저것 많이 해냈다는 걸 알게 되어 좋았다. 가만히 있지 못하는 성격 덕분인지, 일을 쉬고 있는 육아휴직 기간에도 운전면허도 따고, 개인 심리 상담과 놀이치료도 병행했으며, 대학교 입학해 열심히 공부를 시작한 내가 참 대견하다. 그뿐만 아니라 명상도 하고, 책도 읽으며 나에 대해 수많은 통찰을 얻었고 생활 환경을 긍정적으로 변화시키려 노력했던 내가 대단하다. 가족에게 좋은 영향을 주기 위해 노력하는 내 모습도 무척 자랑스럽다. 2024년에는 지금보다 더 성장할 내가 기대된다.'

또한 자신의 장점을 적어보는 것을 추천한다. 노력하고 있는 점을 적는 것도 좋다. 노력 자체가 나아지기 위한 과정이자 장점이기 때문이다. 스스로 노력하는 모습을 기특하게 여겨주자. 내 예시를 들자면, '자제력을 기르려 노력한다.', '항상 배우려 하는 자세를 가진다.', '요리를 잘한다.', '내 감정에 솔직하다.', '성격이 급해서 진취적으로 해낸다.', '가족들에게 긍정적인 영향을 끼치려 노력하고 있다.' 등 모든 것이 장점이 될 수 있다.

양날의 검처럼 단점이라고 치부하고 숨기고 싶었던 부분도 반대로 생각해 보면 장점이 된다. 예를 들어, 내가 예민한 점을 단점으로 여겼다면, 이는 사실 다른 사람들보다 섬세하다는 강점이 있는 것이다. 겁이 많다면 안정적인 걸 선호한다는 뜻이고, 의심이 많다면 진중하다는 뜻이다. 나 같은 경우, 새로운 것을 배우는 걸 무척 좋아하지만 오래 지속하는 데는 약한 편이다. 그러나 이 또한 새로운 도전에 두려움 없이 나아가는 장점으로 볼 수 있다. 이러한 과정을 통해 나의 새로운 모습을 발견하는 데도 도움이 된다.

이렇게 나를 유연하게 바라보면 타인에 대한 생각도 점차 유연해질 수 있다. '다른 사람은 나와 다르게 저런 강점이 있구나.' 하며 인정하고 존중하게 된다. 자신의 장점들을 적다 보면 나는 나대로 고유하고 특별한 존재라는 사실을 깨닫게 된다. 그리고 그 효과는 오래 지속된다. 자신감이 생기고 어려운 상황에서도 자신의 다채로운 면으로 문제를 헤쳐 나갈 수 있다는 믿음이 생긴다. 나의 다채로운 모습을 천천히 알아가는 과정은 나를 신뢰하고 사랑하는 데 한 발짝 더 다가가게 한다.

그리고 나에게 장점이 있다는 사실을 명확히 인식하고 인정하자. 일기를 쓰며 이런 점도 있구나 저런 점도 있구나 새롭게 발견하고 응원의 말도 함께 던져주자. 처음에 진심으로 우러나오지 않더라도 '잘하고 있어.', '걱정한 것보다 잘 해내고 있네. 버티고 있는 나 정말 고마워.'라고 이야기하거나 글로 써서 직접 보자. 처음엔 쑥스럽기도 하고 진심으로 와닿지 않는다. 하지만 생각의 힘은 대단하다. 묵묵히 계속하다 보면 응원의 말들을 더 덧붙여 쓰게 되고 내 장점들을 발견하는 데 탄력을 받아 금방 찾아낼 수 있다. 그리고 자신감을 되찾게 되고 자신감을 가진 내 모습으로 활동하게 되면 성취감도 덤으로 따라온다. 긍정적으로 자신을 바라봐 주고 격려해 주고 나라는 존재는 소중하다고 인정해 주자. 비관적인 자기 모습의 굴레에서 나와 긍정적으로 방향을 돌리자.

자신의 취약한 점에 강박적으로 집착하면 금세 지쳐 나가떨어지게 된다. 취약한 점을 보완하려면 한도 끝도 없다. 계속해서 '조금만 더, 조금만 더 하자.' 하다 보면 결국 무리하게 된다. 자신의 단점에만 초점을 맞추고 살아가면 자신감은 점점 사라지고, 마음은 위축된다. 자아상은 비관적인 굴레로 굴러떨어지게 된다. 대신, 단점에 집착하기보다는 장점에 초점을 맞추고 강점으로 키워가자. 단점은 조금씩 보완하는 정도로도 충분하다.

모든 것에 완벽한 사람은 없다. 하지만 자신의 장점들을 발견하고 이를 살려 매력 있는 사람으로 변화할 수 있다. 우리 모두 분명 그런 힘을 가지고 있으며, 누구에게나 그런 잠재력이 있다. 스스로를 믿고 자신의 강점을 키워가다 보면, 나 자신뿐만 아니라 다른 사람들 역시 내 매력을 알아봐 줄 것이다.

그리고 버킷리스트를 적어보자. 당장 이루지 못할 일이라도 적으면서 미래에 대한 희망찬 생각을 그려보자. 지금 바로 시작할 수 있는 일들은 최대한 구체적으로 적어 보며 하나씩 실천해 나가자. 나는 미래를 꿈꾸는 것만으로도 무한한 힘이 있다고 믿는다. 앞으로 무엇을 하고 싶은지 적다 보면 나를 더 잘 알게 되고, 그 목표를 이루기 위해 어떤 노력을 해야 할지도 깨닫게 된다. 이 과정을 통해 내게 소중한 가치관이 무엇인지도 발견할 수 있었다. 미래를 그리다 보면, 과거에 왜 내가 소중한 삶을 끊으려 했을까 생각도 든다. 삶은 소중하며, 삶 그 자체로 사랑스러운 것임을 다시금 깨닫게 된다.

한때 애착 이론을 보면서 절망에 빠진 적이 있다. 선택하지 않은 가족 밑에서 불안정한 애착을 형성하게 되면 대부분 그 애착 유형이 대물림된다는 사실이 암담하게 느껴졌다. 하지만 사람에게는 변화할 수 있는 잠재력이 있다. 최근 연구에서는 충분히 변화 가능하다고 본다. 물론 안정적인 환경 속에서 존중받으며 성장했다면 빠르게 회복하고 긍정적인 방향으로 금방 되돌아갈 수 있다.

　하지만 그렇지 않아도 괜찮다. 누구나 잠재력을 가지고 있고 조금만 지지받고 스스로 노력한다면 충분히 긍정적으로 나아갈 수 있다. 설령 인정받은 경험이 적어도 괜찮고, 스스로를 신뢰하지 못해도 괜찮다. 내가 부족하다고 느껴져도, 절망만 가득하다고 느껴져도 괜찮다. 현재 자각하고 실천하려는 마음을 가진 것만으로도 절반 이상 온 것이다. '나에게 정말 장점이 있기나 할까?'라는 생각이 들어도 괜찮다. 나도 한때 그랬다. 누구보다 우리는 자신을 잘 알고 있고, 스스로를 질리도록 칭찬과 인정도 잘해줄 수 있다. 처음에는 진심으로 나오지 않더라도 괜찮다. 꾸준히 하다 보면 어느 순간 나를 진심으로 인정하는 날이 꼭 온다고 얘기해주고 싶다.

진정한 치유를 위한 쉼

우리는 살아가면서 쉬어가는 것은 매우 중요하다. 스트레스를 스스로 관리하는 것만큼 나의 건강을 위해 할 수 있는 중요한 방법은 없다. 스트레스는 모든 병의 근원이기 때문이다. 그렇다면, 진짜 나를 위해 제대로 쉬는 것은 어떻게 할 수 있을까? 나도 한때 제대로 쉬기 위해 명상, 햇볕을 쬐며 산책하기, 충분한 수면, 취미 활동, 독서 등 여러 가지 방법을 찾아봤다. 하지만 우울증이 있으면 이렇게 쉬는 것조차 쉽지 않다.

명상을 하려고 하면 온갖 잡념이 떠오르고, 밤에 일찍 누워도 생각들이 꼬리에 꼬리를 물며 불안감이 커진다. 취미 활동이나 독서를 시도하려 해도 집중력이 떨어져 오래 할 수 없다. 햇볕을 쬐며 산책하자니 씻는 것도 귀찮고, 아예 나갈 힘조차 없어 무기력하다. 우울증이 있을 때는 무엇을 하라는 말조차 버겁게 느껴진다. 아무것도 하기 싫어서 누워만 있으면 '나이러고 있어도 되는 건가? 나 진짜 어떡하지? 앞으로 뭘 해야 하지?'라는 생각에 갇혀 무기력의 늪에 더 깊이 빠지게 된다.

나는 심리 상담 중에 상담 선생님께 쉬는 동안 '죄책감'을 느낀다고 털어 놓았다. "정말 쉬는 게 쉬는 것 같지 않고, 혼자 있으면 불안감만 커지는 느낌이에요."라고 솔직히 말했다. 그러자 선생님은 내게 오늘 한 일들을 적어보는 게 어떻겠냐고 제안해 주셨다. 우리는 하루 동안 아무것도 하지 않았다고 생각하며, '오늘도 의미 없이 보냈다.'라는 생각에 빠지기 쉽다. 하지만 막상 적어 보면, 내가 한 일들이 생각보다 많다는 것을 알게 된다.

예를 들어, 나의 경우에는 인터넷으로 쇼핑을 했더라도 아이를 위한 용품이나 집에서 필요한 생필품을 샀다. 집에 생필품이 떨어지면 얼마나 곤란한가? 또한 가족을 위해 저녁밥을 차리고, 우울한 감정을 일기에 적었고, 설거지를 두 탕 뛰었고, 영양제를 챙겨 먹거나 팩을 하고, 청소기도 밀고 빨래를 한 일까지 적어보니 하루를 그냥 보낸 것 같지 않았다. 가족을 위해, 또 나 자신을 위해 이런저런 일을 했다는 사실이 한편으로는 뿌듯했다. 집에만 있다고 해서 내가 아무것도 하지 않은 건 아니었다. 그렇게 집에서 쉬는 것에 대한 죄책감을 한 스푼 두 스푼 덜어 나갔다.

나는 Checklist가 아닌 done list를 작성했다. Checklist는 항목 중 하나라도 완료되지 않으면 괜스레 불안해지고, 할 일이 쌓인 것 같은 기분이 들어 무기력했던 나에게 도움이 되지 않았다. 하지만 done list를 작성해 보니, '내가 이런저런 일을 했구나. 오늘도 나 고생했구나. 어쩐지 시간이 빨리 가더라.'라는 생각과 뿌듯함이 밀려왔다.

또 다른 방법은 햇볕을 쬐면서 산책하는 것이다. 하지만 우울증이 있을 때는 씻는 것조차 귀찮고, 현관문까지 가서 운동화를 신는 일마저 힘겹게 느껴진다. 모든 매체에서는 우울증에 햇볕을 쬐고 산책하는 것이 도움이 된다고 한다. 하지만 우리 모두 중요하다는 사실은 알고 있지만 실제로 나가는 것은 쉽지 않다. 그래서 나는 햇빛 들어오는 방향으로 누워 있었다. 일단 누워 있는 것밖에 못 하겠고 현관문 근처에는 얼씬도 하기 싫어서 찾아낸 방법이었다. 그렇게 조금씩 햇볕을 쬐다가, 점차 인터넷으로 장을 보지 않고 낮에 직접 나가 장을 보거나, 볼일이 있다면 일부러 낮 시간대에 잡아서 밖으로 나갔다. 근처 놀이터를 걷고 집으로 돌아오는 식으로 조금씩 내 활동 영역을 넓혀갔다.

그러다 보니 점차 산책의 즐거움도 알게 되었다. 에어팟을 끼고 동네한 바퀴를 산책하기까지 이르렀다. 요즘에는 유튜브에 걸으면서 듣는 가이드 명상 영상이 많아 그런 영상 하나 틀어놓고 한 바퀴 돌고 집에 돌아와 done list를 작성하면 괜스레 뿌듯하다. '오늘은 산책 한번 했구나.' 하면서. 햇볕을 조금씩 쬐기 시작하니 생체리듬이 정상화되면서 수면의 질이 크게 달라졌다. 산책을 한 날과 하지 않은 날의 수면의 질은 확연히 차이가 났다. 우울증에는 불면이 동반되는 경우가 많은데, 햇빛을 쬐는 건 기분과 수면에 도움이 된다. 거창하게 운동할 필요는 없다. 그저 하루에 10분씩 나가 산책해도 충분하다. 그렇게 조금씩 실천하다 보면 점차 의지가 생기고, 천천히 15분, 20분씩 늘려가면 된다.

명상은 친한 지인이 추천해 준 방법이었다. 그는 명상이 큰 도움이 된다며, 명상으로 하루를 시작하면 활기차게 보낼 수 있다고 말했다. 사실 우울증이 생기기 전에도 명상을 시도해 봤지만, 따분하게 느껴졌다. 우울증이 생긴 후에는 머릿속이 더 시끄러워졌고 집중하기가 어려웠다. 때로는 불안감이 쓰나미처럼 덮쳐 오기도 했다.

하지만 잡념이 밀려오는 것은 당연한 일이라는 것을 인정하는 것부터 시작했다. '그래도 괜찮다.'라고 스스로를 다독이며, 다시 숨을 쉬는 것에만 집중했다. 잡념, 호흡, 잡념, 호흡의 반복이다. 잡념이 올라오면 그냥 흘려보내고, 다시 호흡으로 돌아오는 것이다. 그렇게 내 몸과 감각을 알아차리며, 지금 이 순간에 존재한다는 것에 집중했다. 몸의 긴장을 풀어나가다 보면, 명상이 끝나고 눈을 떴을 때 몸과 마음이 한결 가벼워졌음을 느낄 수 있었다.

처음 명상을 시작하면 당연히 어려울 수 있다. 나 역시 처음에는 명상이 굉장히 거창하고 복잡한 일처럼 느껴졌다. 하지만 요즘에는 유튜브에 명상 가이드를 제공하는 유튜버분들이 많다. 나는 영상을 하나씩 들어보면서 가장 마음에 드는 유튜버를 찾아 명상을 시작했다. 특히 내가 가장 많이 했던 명상은 누워서 하는 명상이었다. 실제로 유튜브에는 누워서 할 수 있는 이완 명상이 많다.

나는 앉아 있는 것조차 힘들고 몸에 긴장이 자꾸 들어가는 것 같아 아예 누워서 할 수 있는 이완 명상을 선택했다. 우울증이 있고 무기력이 심해 어려움을 겪고 있는 사람이라면, 누워서 할 수 있는 명상 영상을 찾아보고 자신에게 맞는 유튜버를 찾아보기만 하면 된다. 명상 도중 잠이 들 수도 있지만, 그래도 괜찮다. 시도라도 하는 게 어디인가. 나도 명상을 처음 시작했을 때 몇 번이나 잠들었던 적도 있다.

네 번째로 추천하는 방법은 '멍 때리기'다. 온전히 쉬는 것을 간절히 원했던 나는 여러 가지 방법을 검색하다가 나에게 딱 맞는 맞춤 방법을 찾았다. 우리는 모두 과도한 자극에 지쳐 있다. 스마트폰을 꺼내면 시도 때도 없이 알림이 울리고, 자극적인 음악이 어디에서나 들리며, 자동차 소리와 넘쳐나는 볼거리까지 주변은 끊임없는 자극으로 가득하다.

많은 사람들이 스마트폰을 하며 쉬지만, 몸은 쉬고 있어도 실제로는 뇌가 계속 활동하기 때문에 제대로 쉬지 못한다. 나 역시 사극적인 것들을 너무 많이 받아들였을 때 멍 때린다. 하나의 절전 모드인 셈이다. 방법은 간단하다. 먼저 TV와 스마트폰을 잠시 치워두고 소파나 침대처럼 편안한 자리에 앉거나 눕는다. 방해받지 않는 상태에서 멍을 때리면 된다. 때로는 이 상태에서 잠이 들 수 있는데, 나도 그 상태로 낮잠을 자기도 했다. 만약 명상이 너무 어렵게 느껴진다면 이 방법도 추천한다.

이 방법이 익숙하지 않다면, 백색소음을 틀어두고 멍 때려도 괜찮다. 다만, 휴대폰 알림 소리는 꺼두고 조금은 멀리 두는 게 좋다. 멍을 때리고 나면 머리가 맑아지는 느낌이 든다. 마치 초절전 모드로 전환했다가 깨어난 것처럼 개운해진다. 쉬는 게 어렵게 느껴진다면, 이런 방법을 시도해 보는 것은 어떨까? 하루에 10분도 괜찮고 여유가 된다면 20분도 괜찮다.

결국 나를 위해 시간을 내어서 하는 것 자체가 뿌듯하고 나를 돌보는 일이다. 명상하는 것도, done list를 쓰는 것도, 멍 때리는 것도, 햇볕을 쬐는 일 모두 나를 위해 10분, 20분 정도 시간을 내어 선물해 주는 것이다. 그렇게 조금씩 나에게 선물을 해주다 보면, 내 자신이 괜스레 대견하다고 느껴진다. 비록 사소해 보이는 일이지만, 작은 날갯짓이 모여 결국 기적을 만들어 낼 수 있다.

4장

진정한 나와
살아가는 법

이상적인 나와 현실의 내가 타협하기

이상적인 나와 현실의 내가 타협하는 것은 매우 중요하다. 난 하루라도 빨리 우울증에서 벗어나 화목한 가정을 꾸리고 사회에서 성공하고 싶었다. 그래서 깊은 내면의 상처를 외면한 채 그저 덮어 두고 앞만 보고 달려 나갔다. 나 자신을 다그치고 몰아세운 적도 있었다. 하지만 오랜 시간 쌓인 상처와 외로움, 고통은 결국 나를 멈춰 서게 했고, 제자리걸음을 반복하게 만들었다. 그렇게 달리고, 멈추고, 다시 일어서고, 다시 출발하는 과정을 수없이 반복하다가 어느 순간 깨달았다.

현실의 나와 이상적인 내가 타협할 때, 비로소 나 자신과 함께 살아가는 법을 알게 되고, 진정한 나로서 행복하게 살아갈 수 있음을 알게 되었다. 이상적인 나는 화를 내지 않는 엄마, 술을 아예 마시지 않는 엄마, 집을 항상 깔끔하게 유지하는 나, 남편에게 항상 친절하게 말하는 내가 있었다. 하지만 체력적인 한계와 현실의 짐들이 이상적인 내 모습과 부딪히길 반복했다. 항상 마음을 다잡아도 사람인지라 이 과정이 매우 괴로웠다. 이상적인 목표가 너무 높으면 좌절하게 되고, 그로 인해 더 고통스러워진다. 현실 속 내 모습과 균형을 맞추며 천천히, 묵묵히 삶을 살아가야 한다. 가끔은 돌아가도 좋고, 멈춰 서서 있는 그대로 바라보아도 좋다. 충분히 쉬었다면 다시 달려가도 된다. 가끔은 멈추고 쉴 수도 있다는 것을 인정해 주자. 무조건 이상적인 나만 쫓다 보면 힘겨워질 수 있다는 것을 알았으면 좋겠다.

이쯤에서 칼 로저스의 인간 중심 상담 이론을 소개하고 싶다. 인간 중심 상담에서는 'here and now 삶'을 중요하게 여긴다. 'here and now'란 현재 순간에 집중하고, 과거의 후회나 미래에 대한 불안을 내려놓는 것을 강조한다. 현재에 집중하는 방법으로는 마음 챙김을 연습하고 감정을 수용하는 것이 있다. 자꾸만 현재가 아니라 과거와 미래에 집착하다 보면 삶이 괴로워진다. 그렇기에 지금 이 순간을 온전히 경험하고, 긍정적이든 부정적이든 감정을 있는 그대로 받아들여야 한다. 또한, 현재 내 모습을 통합하고 받아들여야 한다. 나는 어떤 모습이든 나 자신이다. 이를 인정하고 나와 타협하며 현재를 충실히 살아가야 한다.

어느 순간 깨닫게 되었다. 과거에 얽매여 자책하면 우울감이 커지고, 미래를 걱정하면 끝없는 불안에 휩싸인다는 사실을. 이 생각의 고리에 사로잡히면 자책은 깊어지고, 마음은 심연 속으로 가라앉게 된다. 하지만 반대로 생각해 보자. 과거는 엎어진 일이다. 우리가 아무리 애써도 시간은 흐르고 과거를 바꿀 수 없다. "왜?"라는 질문으로 과거를 다시 탐색을 해볼 수는 있지만, 결국 바꿀 수 없는 과거일 뿐이다. 과거를 덤덤히 받아들이고, 그 또한 삶의 일부분이라는 것을 인정해 주고, 안아주고 함께 살아 나가야 한다.

미래 또한 마찬가지다. 아무리 예측하려 해도 1시간 뒤, 심지어 5분 뒤의 일조차 알 수 없다. 예측할 수 없는 미래는 끊임없이 마음속에 불안의 불씨를 만들어 낸다. 우리가 바꿀 수도, 예측할 수도 없는 일들은 받아들이고 내 앞에 주어진 일들을 묵묵히 해내자. 계속해서 걱정하고 스스로를 채찍질하며 불안의 불씨를 키울수록, 이상적인 모습과 더더욱 거리가 멀다고 느껴져 고통스러워진다. 나는 당신이 더 이상 고통스럽지 않았으면 좋겠다.

나는 '후회가 되더라도 후회하지 말자.'라는 신조를 가지고 있다. 아무리 후회해도 과거는 바꿀 수 없다. 이미 벌려놓은 일들과 책임을 져야 할 일들을 그저 묵묵히 책임을 질 뿐이다. 나는 미래가 걱정될 때면 공책을 꺼내 지금 당장 할 수 있는 일을 몇 가지 적어본다. 우리가 기대하며 세운 계획이 틀어질 수도 있다. 그래도 괜찮다. 꼭 그렇게 해야만 한다는 당위적인 생각을 잠시 내려놓고, '이렇게 되면 좋겠지만, 그렇지 않더라도 나는 다른 길을 찾을 수 있어.'라고 스스로에게 말하자.

내가 바라는 일이 항상 뜻대로 이루어지는 것은 아니다. 그 현실이 때로는 아프고 괴롭지만, 받아들이고 스스로를 다독여 주자. 과거를 수용하는 과정 역시 때로는 고통스럽다. 바라보는 것조차 두렵기도 하다. '왜 그들은 나를 그렇게 대했을까?', '왜 나는 그때 그런 선택을 했을까?' 하지만 과거의 경험을 받아들이고, 그게 현재의 나를 형성하는 데 어떻게 기여했는지 이해하는 것이 중요하다. 그때의 우리는 모두 자신만의 생존 전략으로 삶을 살아냈다. 현재 나는 어느 부분은 받아들였고, 아직 받아들이는 중이다.

후회와 공포스러웠던 과거를 마주하면 가끔은 몸이 경직되고 멈추기도 한다. 과거에만 머물다 보면 무력감을 지속적으로 느끼게 된다. 바꾸지 못한 모습과, 나에게 닥쳤던 상황을 떠올릴수록 무력감은 깊어지고 우울해진다. 하지만 그때의 내가 있었기에 지금의 내가 있다. 그 시간은 성장의 발돋움이 되었고, 그 모습마저도 현재 나를 이루는 일부다. 이렇게 이해하는 과정에서 내가 더 성장할 수 있었고 특별한 경험을 하며 배웠다고 믿는다. 누구에게나 쓸모없었던 과거나 경험은 없다. 지금의 나를 이루고 있는 축이기 때문이다.

삶에 대한 막연한 불안은 나를 끝없이 몰아붙인다. 우리 사회에도 이런 모습이 만연하다. 끊임없이 경쟁하고, 싸우고, 이겨야 한다고. 물론 우리의 DNA에 새겨져 있는 적절한 불안감과 긴장감은 때로는 우리에게 도움이 된다. 적당한 긴장감은 더 나은 성과를 내는 데 도움이 되고, 일의 집중력을 높여 준다. 하지만 극심한 불안은 오히려 우리를 무너뜨린다. 할 수 있는 일조차 불안에 묶여 일을 망칠 수 있다는 말이다. 그렇게 자꾸 미래의 삶을 내다보며 내달리다 보면, 힘이 빠져 자빠지기 일쑤다.

이번 〈인사이드 아웃 2〉의 감정 캐릭터 '불안이'에 공감했다는 사람들이 많았다. 불안이는 '라일리'가 잘 되길 바라며 모든 상황을 예측하려 하고 잘 해내고 싶어 했다. 유명한 하키팀에 들어가기 위해 무리하며 노력한다. 하지만 불안이가 조종관을 완전히 잡은 순간, 라일리는 공황을 겪게 된다.

나는 그 모습이 짠했다. 우리의 모습과 많이 닮아 있었다. 더 잘 해내고 싶고, 더 나은 미래를 만들고 싶어 한다. 하지만 불안도 너무나 커지면 오히려 아무것도 해낼 수 없게 된다. 다른 감정들과 적절히 상호 작용하며 성장했던 라일리의 모습을 보며 지금 우리에게 배울 점이 되었다고 생각했다. 우리 안에 있는 불안이를 가끔은 다독여줄 필요가 있다.

가끔은 멈추어 내 마음의 소리에 귀 기울여 보자. 지금 나는 어떤 상태인지, 쉬어갈 타이밍인지, 달려나가야 하는 타이밍인지, 욕심은 아닌지 마음을 되돌아봐야 한다. 뭐든지 통제할 수 없는 미래에 발이 묶여 있다 보면, 현재의 행복을 놓치게 된다. '언젠가 행복해질 거야.'라는 생각에 사로잡혀 정작 지금의 행복을 놓치고 만다. 미래를 위해 달려가는 것도 중요하지만, 지금 이 순간을 살아가는 것 또한 소중하다.

우리는 '소확행'이라는 단어를 잘 알고 있다. '소소하지만 확실한 행복'을 줄인 말인데, 우리는 자주 소확행을 놓치기 십상이다. 소확행의 모습은 사람마다 다르다. 나는 글을 쓰고, 가족에게 맛있는 음식을 차려주고, 집을 깔끔하게 정리하고, 책을 읽을 때 잠시 멈추어 만족하는 시간을 가진다. 나는 『마흔에 읽는 쇼펜하우어』를 읽으며 강렬하게 와닿았던 문장을 소개하고자 한다. '시간과 행복은 지체하지 않고 흐른다.' 이 문장을 읽으며 깨달았다. 시간은 절대 우리를 기다려 주지 않는다는 것을. 그렇기에 우리는 현재 사소한 행복을 찾고 누리며 감사해야 한다. 행복은 멀리 있지 않다. 현재 주어진 삶에 감사하고, 소소한 순간을 즐기며 찾아가는 것이다.

'마음 챙김' 명상 또한 현재의 삶을 온전히 살아가기에 큰 도움이 된다. 우리는 평소에 숨 쉬는 것조차 의식하지 못한 채 살아간다. 몸이 아프지 않으면, 몸의 신호에도 귀 기울이지 않는다. 심지어 감정조차 자각하지 못한 채, 욱하거나 마음속의 심연으로 푹 꺼지기 일쑤다. 가끔은 잠시 멈춰

'마음 챙김' 명상을 해보자. 몸의 감각을 자각하고 힘들이지 않아도 숨 쉬고 있는 나를 발견하고, 호흡하며 차분해지는 순간을 느껴보자. 그리고 내 안에서 무한히 꽃피는 여러 감정들과 생각들이 흘러가는 대로 그저 있는 그대로 바라보자. 앞서 이야기했듯 감정 중에는 나쁜 감정이 없다. 비판 없이 감정을 받아들이고, 몸이 보내는 신호에 집중해 보자. 잠시 멈추어 우리의 삶을 바라보고, 이상과 현실의 중간에서 내가 할 수 있는 것을 찾고 묵묵히 나아가자.

과거의 나와 작별하기

과거와 작별한다는 것은 완전히 나와 도려내듯 분리해 내는 것이 아니다. 과거에 얽매이지 않고 인정하며 앞으로 나아가는 것을 의미한다. 나는 모든 사람에게 무한한 잠재력이 있다고 믿는다. 그 증거로, 내 안에 잠들어 있던 잠재력이 나를 우울한 삶에서 벗어나게 해주었고, 현재도 펼쳐지고 있다고 믿는다. 나는 어렸을 때부터 있는 그대로의 모습, 무조건적인 수용을 경험해 본 적이 없다. 그래서 항상 타인의 인정을 갈구했고, 눈치를 보며 자랐다.

나 자신을 진심으로 사랑해 주지 못했다. 그러나 결국 나 자신이 내 편이 되어주고, 인정하고, 용서하고, 사랑할 때 비로소 과거를 딛고 나아갈 수 있다는 것을 깨닫게 되었다. 과거의 나를 이해하고 떠나보내는 과정은 중요한 단계다. 그때 비로소 더 나은 미래로 이끄는 선택을 할 수 있다. 과거의 나를 있는 그대로 수용하고 사랑할 때, 새로운 미래를 향해 나아갈 수 있다.

이런 소중한 경험 덕분에 타인을 깊이 이해하고 더 유연하게 공감할 수 있게 되었다. 또한 나 자신을 신뢰하게 되었고, 가족에게도 사랑받고 있다고 느낄 수 있게 되었다. 사람들에게 잠재력이 있다고 확신하게 된 건, 주변의 든든한 지지와 노력들이 조각조각 합쳐져 우울한 삶을 벗어났기 때문이다. 이전에는 과거에 갇혀서 힘들어하고, 미래가 보이지 않아 삶이 버겁다고 느껴졌다. 하지만 성인이 되어서도 충분히 과거에서 벗어날 수 있다.

'모든 경험은 쓸모없지 않다. 우리 모두 그런 경험이 밑바탕이 되어 앞으로 삶을 살아갈 때 슬기롭게 헤쳐 나갈 수 있는 나침반이 된다.'

-『모든 삶은 흐른다』 중에서

결정론적으로 생각하지 말자. 물론 과거를 이해하는 것은 자신을 알아가는 데 어느 정도 도움이 될 수 있다. 하지만 우리가 조심해야 할 것은, '어렸을 때 부모가 나를 이렇게 키워서, 조금 더 부유한 환경에서 자랐으면 좋았을 텐데, 그때 다른 결정을 했다면 내 삶이 달라졌을 텐데.'와 같은 생각으로 현재와 미래를 단면적으로 단정 지어 버리는 것이다. 하지만 다채롭고 유연하게 생각하려면 결정론적인 생각에서 벗어나고 자신의 잠재력을 믿어야 한다.

나 역시 한때 과거의 기억에 짓눌려 원망만 하며 스스로 일어서지 못했다. 그토록 싫어하던 술에 의지하며 살았고, 어린 나이에 아이를 낳아 함께 살아갈 곳도, 돈도 없었다. 그런 내 모습이 한심하게 느껴졌고, 앞을 어떻게 헤쳐 나가야 할지 정말 깜깜했다. 심지어 우울증으로 앞이 도저히 보이지 않아 죽음을 떠올린 적도 많았다. '내가 죽으면 누가 진짜 슬퍼해 줄까?'라는 생각에 울기도 많이 울었다. 하지만 앞서 이야기했듯, 모든 경험은 정말 쓸모없지 않다.

그 힘든 시간을 지나오면서 나는 더 많이 배우고, 더 성장할 수 있었다. 당연히 내가 살아가면서 다른 사람의 경험을 100% 똑같이 겪을 수는 없지만, 이제는 술에 기댈 수밖에 없고 술에 빠질 수밖에 없었던 사람들이 이해되고 진심으로 공감할 힘이 생겼다. 부모와의 갈등 속에서 방황하는 사춘기 청소년들의 아픔도 공감할 수 있다. 나처럼 일찍 아이를 낳아 힘든 현실을 마주한 사람들의 상황도, 우울과 불안에서 허우적거리는 사람들의 마음도 깊게 이해하게 되었다. 현재 얼마나 힘들지, 하루를 힘겹게 버티며 살아가는지 조금은 이해할 수 있다. 완전히 같은 경험은 아닐지라도, 비슷한 아픔을 겪은 사람의 입장에 서서 공감하고 돕고 싶다는 생각이 든다.

이런 과거의 경험은 나에게 다시 쓰러지지 않게 하는 추진력을 얻게 해주었다. 더 힘든 일이 나를 강풍처럼 휩쓸어 가려 해도 올곧게 땅에 뿌리 박은 나무처럼 꿋꿋하게 버틸 힘을 얻었다. 만약 우울증과 상처가 없었다면, 나는 여전히 남들의 인정을 갈망하며 채울 수 없는 부분을 타인에게서 찾으려 했을 것이다. 내 마음과 몸을 돌보는 일도 소홀히 여겼을 것이다. 이처럼 모든 경험은 나를 성장시키는 자원이 된다.

과거의 실수와 아쉬움을 비난하며 자책하는 대신, 아픈 상처와 과거가 어떤 교훈을 주었는지 생각해 보는 방향의 전환이 되었으면 좋겠다. 지금의 나를 바라보며 '이 정도의 나도 괜찮아.' 스스로 다독여 주는 시간을 가져보자. 지금의 나도 충분히 괜찮고, 이런대로 좋은 사람이라는 것을 깨닫는 게 중요하다.

작년, 심리 상담을 통해 기막힌 내 생존 전략에 감탄한 적이 있었다. 나는 어릴 때부터 사람들을 웃기는 걸 좋아했다. 사람들이 웃으면 기분이 좋아졌고, 내 말에 즐거워하면 나도 덩달아 행복해졌다. 하지만 가끔은 너무 수다스럽게 행동하거나, 괜히 그 말을 했나 싶어 밤에 이불을 차며 후회하곤 했다.

하지만 상담을 통해 깨닫게 된 건, 이 모든 행동이 단순한 습관이 아니라 어릴 때부터 누군가를 웃게 하고 사랑받고 싶어 하던 내면 아이의 표현이었다는 것이다. 나의 생존 전략이라고 생각하니 참 짠하기도 하고, 그렇게 애써온 나를 인정할 수 있었다. 이제는 이런 모습을 나의 장점으로 받아들이고, 강점으로 발전시키려 노력하고 있다. 우리는 과거에 머무를 수 없기에, 과거의 나를 바라보고 강점으로 바꿀 수 있는 것은 적절하게 받아들이면 된다. 과거의 경험을 억지로 떼어놓거나 회피하지 말고, 그 모든 순간이 지금의 나를 만든 일부라고 생각하며 애써온 나를 따뜻하게 격려해주자.

『오은영의 화해』를 읽으며 뇌의 신경회로를 야산에 비유한 부분이 인상 깊었다. "야산을 오르다 보면 사람들이 많이 밟고 지나간 곳에 길이 난다. 그 길은 점점 더 다니기 편해지고, 더 많은 사람이 다니게 된다. 어떤 자극을 자주 받으면 그쪽으로 길이 뚫리고 단단해진다. 지름길이 뚫리는 것이다."

나쁜 기억들은 더 강하고 깊게 뇌에 새겨져 현재의 우리에게까지 영향을 미친다. 나도 이 부분을 읽으며 나의 신경회로도 나쁜 방향으로 단단히 뚫려 있구나 싶었다. 대인관계에서 늘 표정에 예민하게 반응하고, 사람들의 표정을 살피는 습관이 생겼으니까. 하지만 이 회로도 다른 방향으로 새롭게 뚫을 수 있다. 올바른 길로 계속 가다 보면, 그 길 역시 단단해지기 때문이다. 신경회로를 재구성하는 것을 '신경 가소성'이라고 한다. 우리는 과거의 나쁜 기억을 극복하고 변화할 수 있다.

나의 경험을 빗대어 보자면, 나는 힘든 일이 생기거나 자살 생각이 들면 곧바로 술을 찾는 지름길이 뚫려 있었다. 삶이 버겁고, 회피하며 숨고만 싶은 순간이 오면 어김없이 내가 자주 가던 지름길로 가려 했다. 왜냐하면 그 길은 모험하지 않아도 되고, 쉽게 평온해지는 방법이었기 때문이다. 하지만 그것은 문제를 해결하지 않고 억압해 둘 뿐이었다.

그러나 꾸준히 자각하며 다른 길을 만들어 가자, 점점 술이 생각나지 않게 되었다. 물론 처음부터 쉽지는 않았다. 4년 가까이 다져진 술의 길을 벗어나려면 두 배의 노력이 필요할 거라 생각했다. 그래도 노력하다 보면 충분히 바뀔 수 있다고 다독였다. 하지만 예상보다 빠르게 새로운 길을 놓을 수 있었다.

처음엔 익숙한 지름길을 두고 가려니 망설여졌고, 유혹에 자빠지기도 했다. '오늘만 술을 마시고 내일부터 끊어야지.'라며 스스로를 속이기도 했고, 울적한 기분이 어김없이 찾아오면 저녁에 산책하러 나가서 편의점 앞에서 괜히 고민하기도 했다. 하지만 나는 그런 마음을 억압하는 대신, 긍정적인 방향으로 에너지를 발산하려고 노력했다.

울적하고 감정이 복잡할 때는 마음 챙김 명상을 하거나 일기를 쓰고, 할 수 있는 일을 글로 정리했다. 책을 읽고, 기분이 쉽게 나아지지 않을 때는 예능 프로그램이나 영화를 보며 가볍게 웃어넘기기도 했다. 그렇게 감정을 차분히 정리하고, 때로는 한바탕 깔깔 웃으며 넘기다 보면 기분이 조금은 나아졌다. 이렇게 새로운 길을 계속 강화하고, 부정적인 지름길을 무시하면서 지금은 저녁 시간을 술 없이도 무사히 넘길 수 있게 되었다.

이전에는 술을 마시기 위해 어떻게든 시간을 마련하고, 하루를 마무리할 때면 어김없이 술을 찾았다. 하지만 지금은 소소한 행복으로 하루를 채우며 지낸다. 되돌아보면, 이전에 나는 어떻게 술 없이 죽고 못 살았을까 싶다. 혹시 나처럼 무의식적으로 가던 지름길이 있는지 생각해 보고, 그것을 긍정적인 방식으로 전환할 수 있는 자신만의 방법을 찾아보는 건 어떨까? 다시 한번 강조하고 싶은 것은, 신경회로는 재구성할 수 있으며 누구나 변화할 수 있다는 점이다. 우리는 모두 잠재력을 가지고 있으며 자신을 괴롭히는 우울과 불안의 족쇄에서 벗어날 수 있다.

불안할 때, 나를 살리는 기술

    나는 한때 사회 불안 장애의 증상을 겪었다. 아이를 다시 가정으로 데려오고 육아휴직을 하면서 환경이 급격히 변했다. 앞서 이야기했듯이, 사람은 좋은 변화 속에서도 스트레스를 경험할 수 있다. 스트레스는 '유스트레스(Eustress)'와 '디스트레스(Distress)'로 나뉘는데, 유스트레스는 새로운 직장 시작, 결혼, 여행 준비, 가족 구성원의 변화, 이사처럼 긍정적인 변화에서도 발생할 수 있다.

    나는 환경이 바뀌고 나서도 스트레스나 불안감을 전혀 인지하지 못했지만, 몸이 먼저 반응하기 시작했다. 아이를 다시 데려오면서 이사를 했고, 직장도 휴직에 들어갔다. 아이를 어린이집에 보내고 남편이 출근하면 집에 혼자 있는 시간이 많아졌다. 나는 원래 생각이 많은 편이지만, 혼자 있는 시간이 길어질수록 생각과 걱정들이 꼬리에 꼬리를 물기 시작하고, 불안감은 서서히 올라와 나를 향해 찔러댔다. 심지어 이렇게 괴로워지니 나는 이런 생각과 감정에 스위치를 달아서 원할 때 뚝 끄고 싶다는 생각까지 하기도 했다.

돌이켜보면, 사회 불안 장애 증상이 심해진 데는 직장 생활도 큰 영향을 미쳤다고 생각한다. 첫 직장이었고, 나이도 어렸다. 무엇보다 성격과 맞지 않는 일을 했다. 고객 응대와 영업을 담당하면서 서비스 해지를 원하는 고객을 붙잡아야 하는 업무였다. 보통 해지까지 이어지는 고객들은 이미 불만이 쌓여 있었고 통화가 길어지면 나에게 화를 냈다. 무작위로 연결된 사람이 상담원을 폄하하거나 욕을 하는 경우도 간혹 있었다. 나는 어느 순간부터 전화를 받는 게 두려워졌다.

경험이 많은 선배들은 "고객은 너에게 화를 내는 게 아니라, 회사에 대한 불만을 표현하는 거야."라고 조언했지만, 나는 분리가 잘되지 않았다. 회사에 불만을 토하는 사람들이 그저 나를 향해 화를 낸다고 느껴졌다. 전화를 받으면서 울었던 적도 많았고, 결국 스트레스로 인해 머리카락이 빠지는 지경까지 이르렀다. 그때부터 조금씩 나는 모르는 사람들과 시선이 마주치는 게 두려워졌다. 그때부터 나는 '모르는 사람들이 언제 나에게 화를 낼지 모른다.'라는 무의식적인 불안이 자리 잡았다.

일을 쉬면서 이런저런 무의식들이 끊임없이 떠오르길 반복했다. 반복되고 바쁘게 살던 일상에서 멈춰 서자, 밖을 향해있던 생각들이 점점 나 자신을 향해 날카롭게 파고들었다. 미래에 대한 막연한 불안과 과거의 후회를 곱씹으며 수면의 질도 현저히 낮아지기 시작했다. 수면 부족이 이어지자 평소 생활할 때 예민해지기 일쑤였다. 그러다 보니 나의 '마음 근육'도 약해졌고, 밖을 나가는 게 점점 더 두려워졌다.

현재 내 생각과 불안감을 처리하기도 버거운데 바깥의 수많은 자극을 처리해낼 수 없었다. 대중교통을 이용하는 것도 힘들어졌고 낯선 사람들의 시선이 감당되지 않았다. 길을 걷다가 모르는 사람과 시선이 마주치는 순간, 온몸이 경직되고 호흡이 가빠졌다. 심장 소리만 들리면서 손이 떨리기 시작했다. 시간이 두 배, 세 배는 더 느리게 흐르는 것 같았다. 복통이 동반되고, 몸이 뜨거워지면서 식은땀이 났다. 그렇게 내 일상의 반경은 점점 좁아졌다.

나는 아이를 키우는 엄마이자 가족을 책임져야 하는 사람이었다. 하지만 내 마음대로 되지 않는 현실이 더욱 나를 괴롭혔다. 기본적인 일상생활조차 버거워지자, 버티고 버티다 결국 다시 정신건강의학과를 찾았다. 나는 과거에 병원에 입원한 경험도 있고, 약을 먹어도 기분이 나아지지 않고 무기력하게 가라앉기만 하는 내 모습을 보면서 의도적으로 약을 끊었던 적도 있었다. 하지만 이번에는 약의 도움이라도 받아야겠다는 절실한 마음이 고개를 들었다.

　사실 많은 사람들이 정신과 약을 꺼린다. '약을 먹으면 평생 끊지 못하는 거 아닐까?' 하는 두려움 때문이다. 하지만 많은 분들이 정신건강의학과 약을 '고혈압 약'에 비유한다. 혈압이 잘 유지되면 약을 줄이거나 중단할 수 있듯이, 초기에 관리하고 돌봐야 한다. 나도 한때 의사 선생님과 의논하지 않고 약을 끊었지만, 예전 시설에서 나를 도와주셨던 원장님께서 '나도 고혈압 약 먹어~ 자신을 관리한다고 생각해. 자기가 의사야? 마음대로 끊게.'라고 웃으며 얘기해주셨다. 나도 웃으며 원장님 말씀이 맞다고 했다. 그 후 심리 상담사 선생님과 약속도 하고, 약에 대해 검색도 해보고, 정신건강의학과 의사 선생님들의 유튜브도 찾아보며 조금씩 약에 대한 거부감을 내려놓을 수 있었다.

　약은 부수적으로 나를 돕는 강력한 도구가 될 수 있다. 우울증이나 불안 장애를 겪으면 일상의 반경이 점점 좁아지고, 특히 우울증은 무기력해져서 아무것도 할 수 없는 상태에 이른다. 정말 손가락 하나 까딱하기 싫고 모든 게 귀찮아진다. 이런 상황에서 다짐과 계획만으로 극복하기는 쉽지 않다. 하지만 약의 도움으로 조금이라도 에너지를 끌어올리거나, 불안을 잠재울 수 있다면 그때부터 천천히 노력해도 늦지 않다. 할 수 있는 작은 일부터 시작하다 보면, 약의 도움을 받으며 점점 탄력을 받을 수 있다. 정신 건강도 신체 건강과 마찬가지로 매우 중요하다. 신체 건강을 위해 꾸준히 관리하듯, 정신 건강도 돌보고 소중히 여겼으면 좋겠다.

그렇게 나는 약의 도움을 받으며, 불안을 다스리는 방법을 찾기 시작했다. 우리는 불안이 올라오면 시야가 흐려지고, 온몸이 불안에 떨고 있는 감각만 남는다. 다른 건 자각할 틈도 없이 불안이 전부가 되어버린다. 나는 나를 살리기 위해, 나를 지키기 위해 몇 가지 방법을 적용했고, 불안이 어김없이 찾아올 때 직접 실행해 보았다. 하지만 모든 방법이 나에게 맞는 것은 아니었다. 어떤 것은 바로 떠오르지 않아 실행하지 못했고, 어떤 것은 효과가 없었다.

내가 소개하는 방법 역시 모든 사람에게 맞지는 않을 수 있다. 하지만 여러 방법을 시도해 보면서 자신에게 맞는 '나를 살리는 기술'을 찾아갔으면 좋겠다. 그리고 인지하기 시작한 것은 첫 발자국을 뗀 것이다. 반복되는 상황 속에서 불안을 자각했다면, 그것만으로도 좋은 출발 신호이다. 나도 그렇게 천천히 인지하기 시작했고 약의 도움을 받으며 하나씩 일상을 회복해 나갔다. "약을 먹었으니, 불안이 조금 덜 느껴질 거야 괜찮아." 그렇게 스스로 다독이며 나아갔다. 방법을 찾는 것은 자각한 후에 시작해도 늦지 않다. 우리 모두에게는 잠재력이 있으니까.

나는 불안이 몰려올 때 믿는 사람의 손을 잡는 것도 큰 도움이 되었다. 길을 걷다가 불안감이 올라오면 남편에게 조용히 말하고 팔짱을 끼거나 손을 잡았다. 남편은 불안한 티가 많이 나지 않는다고 말해주었는데, 그 말이 얼마나 위안이 되었는지 모르겠다. 시간이 지나면서, 나는 그 말에 고마운 마음까지 들었다.

실제로 우리는 타인의 평가를 과대평가하는 경향이 있다. 예를 들어, 발표할 때 자신이 떨고 있으면 '남들도 내가 떠는 걸 다 알고 있겠지?' 하며 염려하지만, 실제로는 그렇지 않다. 우리가 타인이 발표하는 상황에서 알 수 있듯이 타인이 발표하면서 떨고 있는지 잘 모른다. 나는 불안으로 힘겨워하던 시절, 예전 학원 선생님께서 해주신 말씀이 큰 위안이 되었다. "나는 떨어도, 다른 사람은 내가 떠는 걸 모른다." 이처럼 믿는 사람들의 따스운 말 한마디가 우리에게 용기를 주고, 마음의 여유를 갖게 한다. 나는 이 객관적인 사실을 마음속에 새겼다. 그리고 불안할 때 남편이나 친구에게 조용히 알리면, "떠는 걸 전혀 몰랐어."라는 반응을 들었다. 그런 말을 들으며 점점 더 여유를 찾을 수 있었고, 불안을 조금씩 극복할 수 있었다.

불안이 덮쳐 올 때 항상 누군가와 함께 있을 수는 없다. 그럴 때 할 수 있는 방법인데 '꿀벌 호흡법'이라는 것이다. 불안할 때 도움을 받을 방법들을 한창 찾고 있던 때에 우연히 똑똑한 유튜브가 알고리즘을 통해 추천한

영상이었다.

꿀벌 호흡은 마치 벌이 날아다니면서 나는 허밍 소리를 낸다고 해서 붙여진 이름이다.

1. 편안한 자세를 취하고 자연스럽게 숨을 몇 번 쉰다.
2. 입술을 닫고 코로 숨을 깊게 들이마신다.
3. 'Hum'이라는 비슷한 소리를 내면서 숨을 천천히 내쉰다.
4. 소리가 사그라지면 코를 통해 들숨을 들이마시고, 다시 벌 소리처럼 '흠~'이라고 소리 내며 날숨을 총 5회 반복한다.
5. 공공장소에서는 소리를 내지 않고, 목구멍에서 바람 소리를 내는 것으로 대체할 수 있다.

날숨을 오래 유지하게 되면 이완 작용이 강화된다. 억지로 강제 날숨을 쉬지 말고 할 수 있는 만큼, 편안한 만큼만 유지하면 된다. 소리를 내면서 날숨을 뱉으면 애를 쓰지 않아도 자연스럽게 날숨이 길어지게 된다. 스트레스나 불안한 마음을 빠르게 가라앉혀서 진정시키는 데 좋은 효과가 있다.

〈유튜브 채널: 정라레_Lifestyle Doctor〉

나는 꿀벌 호흡법을 일상에서 꾸준히 연습하고 익혔다. 하지만 공공장소에서는 소리를 내는 게 다소 부끄러울 수 있다. 그럴 때는 '흠~' 소리를 내고 있다고 상상하며, 날숨을 의식적으로 길게 내쉬었다. 이렇게 작은 연습들이 쌓이면서, 큰 불안의 파도가 덮쳐도 나를 살릴 수 있었다.

내 몸과 마음의 결정적 신호

어떤 순간에 우리는 우울한 감정을 느낄까? 그리고 이런 신호들을 무시하면 어떻게 될까? 감정을 외면하다 보면 몸과 마음이 아파지고, 결국 마음의 병으로 찾아온다. 우리는 이런 신호에 민감하게 반응하고, 스스로를 돌봐야 한다. 단순히 가볍게 치부하거나 시간이 지나면 해결될 거라고 방치하면, 어느 순간 극심한 고통으로 돌아올 수 있다.

나의 경우, 스트레스받는 상황에서 벗어나지 못한 채 방치되었을 때 신체화 반응이 나타났다. 하지만 우울증에서 어느 정도 벗어난 후, 객관적인 시선으로 나를 바라보게 되었다. 그 결과, 내가 우울해지는 사이클을 민감하게 감지할 수 있었고, 예방하는 법도 배웠다. 물론 사람마다 감정의 강도와 경험은 다를 수 있다. 하지만 누구나 우울한 감정이 올라오기 전, 충분히 신호를 포착하고 대비할 수 있다.

매주 심리 상담을 받을 때, 선생님은 늘 이렇게 질문했다. "이번 한 주는 어떻게 지냈어요?" 그 질문을 들으며 자연스럽게 내 상태를 점검하게 되었다. 한 주 동안 기분은 어땠는지, 어떤 이벤트가 있었고, 언제 술을 마셨고 어떨 때 술이 당겼는지, 한주가 정신없이 바빴는지, 아니면 한가했는지 하나씩 체크하게 되었다.

그렇게 반복하다 보니, 내가 어떤 상황에서 우울해지고, 언제 불안한 생각에 휩싸이는지를 알게 되었다. 나처럼 꼭 상담을 받지 않더라도 감정 일기를 꾸준히 쓰거나, 하루를 간단히 기록하며 점검하는 습관을 들이면 내 감정의 신호를 캐치할 수 있다. 우리는 우울해지기 전에 반복적으로 하는 생각과 행동이 있다. 스스로에게 물어보자. 바쁜 일상 속에서 스스로를 돌아볼 시간을 가져본 적이 있기는 했나? 한 번쯤 멈추어서 객관적으로 자신을 들여다보길 바란다.

나의 경우에는 우울한 감정이 조금씩 올라오기 시작하면 자연스럽게 집 밖을 나가지 않게 되었고, 술 생각이 스멀스멀 올라오기 시작했다. 만사가 귀찮아지면서 약속이 없다는 걸 핑계 삼아 씻지 않았고, 음식을 차려 먹는 것도 귀찮아 간단히 때우거나 건강에 좋지 않은 음식으로 끼니를 해결했다. 공허감에 폭식하기도 했고, 반대로 입맛이 없어 아예 먹지 않을 때도 있었다. 잠도 비정상적으로 많아졌다. 반면, 과거의 무수한 일들을 곱씹으며 쉽게 잠들지 못하는 날도 있었다.

물론 닭이 먼저냐 알이 먼저냐의 문제처럼 이런 행동을 먼저 반복하다가 우울해지고 불안해지는 경우도 있다. 반대로, 몸이 쉬지 못하고 계속해서 몹시 힘든 상황에 놓이면 마음이 우울해지기도 한다. 예를 들어, 몸이 극단적으로 아플 때 비관적인 생각들이 올라와 우울해지는 경우이다.

나는 사람들을 오랫동안 만나지 않으면 대화할 상대가 없어서 우울해졌다. 약속이 없다는 이유로 씻지 않았고, 혼자 있는 시간이 길어지면서 식사도 대충 때웠다. 저녁이 되면 배달 음식을 시켜 한 번에 많이 몰아 먹기도 했다. 하루는 무려 12시간 넘게 자기도 했다. 처음에는 정신과 약 때문인가 싶었지만, 상담 중에 의사 선생님께서 약이 그렇게까지 졸음을 유발하진 않는다고 하셨다. 오히려 내가 현실을 회피하기 위해 과도하게 잠을 자는 것 같다고 말씀해 주셨다.

그 경험을 바탕으로, 나는 의식적으로 균형을 맞추려 노력했다. 약속이 없어도 꼭 씻고, 식사를 챙기고, 영양제도 잊지 않았다. 규칙적으로 같은 시간에 일어나려 했고, 친구를 만나기 어려운 날에는 전화로라도 수다를 떨었다. 귀찮다는 이유로 씻지 않거나, 잠이 너무 많아지거나 줄어들거나,

이유 없이 눈물이 나거나, 술이 마시고 싶어지는 순간이 오면 즉시 스스로를 점검했다. 폭식하는 패턴이 반복될 때도 마찬가지였다. 그렇게 의식적으로 균형을 찾으려 노력하니, 급속도로 우울해지는 것을 조금이나마 대비할 수 있게 되었다.

우울감은 사람마다 다르게 나타날 수 있다. 같은 사람이라도 상황에 따라 양상이 달라질 수 있다. 어떤 사람은 입맛을 잃고 극심한 스트레스로 인해 급격하게 살이 빠지기도 하고, 반대로 스트레스 때문에 체중이 증가하는 경우도 있다. 어떤 사람은 스트레스 상황을 끊임없이 곱씹으며 잠들지 못하고, 수면 시간이 줄어들기도 한다. 반면, 나처럼 비정상적으로 12시간 넘게 자는 경우도 있다. 하지만 두 경우 모두 수면의 질이 떨어진다는 공통점이 있다.

어떤 사람은 사람들을 만나는 순간에는 즐겁지만, 집에 돌아오면 우울감을 느낀다. 반면, 사람을 만나는 것 자체가 버거운 경우도 있다. 눈물이 평소보다 많아지기도 하고, 반대로 감정이 무뎌져 아무것도 즐겁지 않게 느껴질 수도 있다. 모든 것이 무의미하게 느껴지고, 흥미를 잃어버리기도 한다.

현재 내 마음 상태가 궁금하다면 아론 벡의 우울척도(BDI)를 검색해 보

자. 간단한 검사를 통해 내 감정의 변화를 점검할 수 있다. 당연히 우리는 몸의 면역력이 약해져서 감기에 걸리기도 하는 것처럼, 가끔은 마음 면역력이 약해져서 우울해질 수도 있다. 그럴 때(감기에서 폐렴으로 번지는 것처럼) 예방 차원에서 몸을 돌보듯, 우울해지고 불안해지는 마음도 돌봐야 한다.

나는 계절이 바뀔 때마다 우울감을 느낀다는 사실을 깨닫게 되었다. 이는 계절성 정동장애(또는 계절성 우울증)라고 불리며, 날씨나 계절이 기분에 영향을 미치는 현상이다. 누구나 기분 변화는 있을 수 있지만, 특정 시기에 반복적으로 우울감이 지속된다면 주의 깊게 들여다봐야 할 필요가 있다. 계절성 우울증은 보통 잠이 많아지고, 무기력감이 심해지는 형태로 나타난다. 특히 여름에서 가을로 넘어가거나 겨울처럼 일조량이 줄어드는 시기에 많이 발생한다. 이는 세로토닌 수치에 영향을 미쳐 기분에도 변화를 일으킨다. 해가 짧아지면서 활동량이 줄어들고, 외부 활동까지 감소하면서 우울감이 심해지기도 한다. 연구에 따르면, 여성은 남성보다 계절성 우울을 겪을 확률이 두 배 이상 높다.

나 역시 날이 추워지기 시작하면 여름보다 확실히 잠이 많아지고, 만사가 귀찮아진다는 걸 깨달았다. 해가 빨리 지면서 괜히 센치해지는 기분이 들기도 했다. 하지만 계절 변화가 내 감정에 미치는 영향을 알게 되면서,

우울감이 느껴질 때마다 의식적으로 날씨가 좋은 날에는 틈틈이 햇볕을 쬐었다. 또한 해야 할 일을 줄이며 몸과 마음을 쉴 수 있도록 했다. 그렇게 조금씩 쉬어 주고 내 리듬에 맞춰 생활하다 보면 어느새 우울의 하강 나선에서 벗어나게 된다.

또 다른 요인은 PMS(월경 전 증후군)일 수 있다. 이는 생리 시작 전 약 1~2주 동안 나타나는 신체적 · 정서적 증상을 뜻하며, 가임기 여성의 약 75%가 경험하는 흔한 현상이다. 물론 사람마다 증상이 다 다를 수 있지만, 내가 PMS를 겪고 있는 것 같다면 의식적으로 신호를 캐치해서 대비할 수 있어야 한다. PMS의 주요 원인은 생리 주기에 따른 호르몬 변화다. 또한, 뇌에서 기분과 관련된 화학 물질인 세로토닌의 변화가 정서적 증상에 영향을 미칠 수 있다. 대표적인 증상으로는 우울감, 감정 기복, 불안감, 수면장애, 식욕 변화 등이 있다.

하지만 이러한 정보를 알고 있다면 미리 대비할 수 있다. 규칙적인 생활을 유지하고, 충분한 휴식을 취하는 것만으로도 증상을 완화하는 데 도움이 된다. 만약 증상이 너무 심하다면 의사와 상담해 약물 치료를 고려할 수도 있다. 나는 원래 PMS를 겪지 않는다고 생각했지만, 심리 상담을 받으며 내 기분과 일상을 간략하게 체크하다 보니 어느 정도 영향을 받고 있다는 사실을 깨달았다.

이를 이해하게 되면서, PMS 주기에는 나를 더 다독이고, 충분한 휴식을 취하며 규칙적인 생활을 하려고 노력한다. 내 몸과 마음이 보내는 신호를 민감하게 캐치하고, 이를 자연스럽게 받아들이며 돌보는 것이 중요하다.

『나는 괜찮을 줄 알았습니다』는 번아웃과 우울증을 겪은 심리치료사의 에세이다. 저자는 자신의 경험을 솔직하고 상세하게 풀어내며, 이를 극복하는 방법도 함께 전한다. 그녀는 앞만 바라보며 열심히 살아왔다. 쉬어야 할 순간이 와도, 우울한 시기가 찾아와도 그저 시간이 지나면 괜찮아질 것이라 믿었다. 하지만 결국 극심한 우울증과 번아웃을 겪게 된다.

"우울증은 레드카드였다. 나는 경기장에서 쫓겨났지만 이대로 살면 안 된다는 사실밖에는 아는 것이 없었다. 어쩔 수 없이 삶을 바꾸었고 인생관을 고민했다.", "번아웃은 우리에게 묻는다. 어떻게 살고 싶냐고, 무엇이 진정으로 중요하냐고, 어떻게 해야 우리가 숨 쉴 수 있고 강건해질 수 있냐고." 결국 몸과 마음이 견디기 힘들어지자, 아무것도 할 수 없는 상태까지 만들어 버린다. 마치 "너 진짜 이번에는 쉬어야 해."라는 신호처럼. 몸이 아파지는 신호를 무시하면 더 큰 병이 찾아올 수 있듯이, 마음이 우울하고 지쳐 아우성칠 때는 쉬어가야 할 타이밍이다. 내 몸과 마음이 보내는 신호를 외면하지 말고, 반드시 돌봐주자.

결국 나를 잘 아는 건 '나'입니다

나 자신을 가장 잘 아는 사람은 나뿐이다. 나를 이해하고, 사랑하며, 아껴줄 수 있는 존재도 오로지 나 자신뿐이다. 아무리 남에게 인정받고 싶고, 사랑받고 싶고, 이해받고 싶어 해도 결국 채워지지 않는 공허함이 남는다. 결국 그 공허함을 채울 수 있는 존재는 나 자신뿐이라는 사실을 깨닫게 된다.

안타깝게도 나는 한때 혼자 있는 시간을 견디지 못했고, 그 공허함을 타인을 통해 채우려 애썼다. 하지만 누군가에게 의지할수록, 그리고 그들에게 나의 부족함을 채워달라 요구할수록, 내 가슴속 빈 공간은 점점 더 커졌다. 결국 나는 어느 순간 스스로를 빈 껍데기 같은 존재로 느끼게 되었다. 외로움과 공허함은 깊어졌고, 그것들은 서서히 나를 무너뜨리려 했다.

타인에게 나의 기대를 투사하면, 상대는 결코 그 기대를 온전히 채워줄 수 없다. 오히려 심리적으로 부담감을 느끼게 되고, 관계는 어긋나거나 멀어진다. 그 과정에서 받은 상처가 되살아나고, 외로움은 더욱 커지며 악순환이 반복된다. 이러한 경험은 나 스스로에 대한 부정적인 인식을 강화하고, "역시 나는 혼자구나."라는 생각이 마음을 지배하게 된다. 이제는 그 악순환에서 벗어나야 한다. 외로움과 공허함은 타인이 아니라 오직 나 자신을 통해서만 온전히 채울 수 있다는 사실을, 그리고 스스로를 이해하고 돌보며 사랑하는 것이 모든 관계와 삶의 시작임을 깨달아야 한다.

나는 이 악순환에서 벗어나기 위해 많은 노력을 했다. 내가 타인에게 온전히 채워지지 않듯이, 나 또한 타인의 모든 기대를 채워줄 수 없다는 사실을 인정하는 것부터 시작했다. 『미움받을 용기』에서 나오듯이, 내가 할 수 있는 몫과 타인의 몫을 구분하는 법을 배워야 했다. 이 과정은 쉽지 않았다.

심리 상담 중, 선생님께서 "서영이는 자신과 별로 친하지 않은 것 같아." 라고 말씀하셨을 때, 나는 그 말을 인정하면서도 한편으로는 어떻게 하면 나 자신과 친해질 수 있는지, 정말 가능하기나 한 건지 알고 싶었다. 나는 남들과 대화를 나누고 함께 시간을 보내며 마음의 위안을 찾는 나름의 생존 전략을 가지고 있었다. 하지만 언제나 누군가와 시간을 보낼 수 있는 것도 아니었고, 그렇다고 모든 감정이 충족되는 것도 아니었다. 그리고 결국 혼자가 되었을 때, 고통은 오히려 두 배가 되었다.

먼저 나를 잘 아는 것부터가 시작이다. 나를 제대로 알게 되면 언제, 어떻게 우울감을 느끼는지 파악할 수 있고, 내 마음이 보내는 신호에도 집중할 수 있다. 또한 힘든 상황 속에서도 스스로를 아끼고 진심으로 위하며 나를 돌볼 수 있게 된다. 나를 알아가는 과정에서 성격·기질 테스트가 어느 정도 도움이 될 수 있다. 하지만 그 결과에 나를 지나치게 가두지 말고, 참고하는 정도가 바람직하다. 성격 유형을 지나치게 단정 짓다 보면 '나는 원래 이런 사람이야.'라고 스스로를 제한하게 되고, 새로운 도전이나 열정을 외면할 수도 있다.

대신 내 기질과 성격을 적절히 이해하며 '그래서 내가 이런 것에 흥미를 느꼈구나.', '그래서 내가 이런 것에 열정을 가지고 있구나.'라고 받아들이는 것이 더 건강한 태도다. 그렇게 자신의 성향을 파악한 뒤, 나는 내가 좋아하는 활동과 취미를 만들어 가기 시작했다. 그리고 용기가 조금 더 생겼을 때는 이제껏 해보지 않았거나, 하기 어려웠던 새로운 경험에도 도전했다. 그런 경험을 쌓으며 '나는 이런 것도 할 수 있네!'라는 긍정적인 자아상을 만들어 갔다.

그리고 내 기호를 아는 것도 큰 도움이 된다. 내가 진심으로 좋아하고 열망하는 것들을 하나씩 정리하고 실행해 나가면, 긍정적인 자아상을 발견할 수 있을 것이다. 하나둘씩 내가 좋아하는 것들로 삶을 채우고, 진정으로 즐길 수 있는 활동을 하는 것이 중요하다. 나도 내가 좋아하는 활동을 찾기 위해 여러 가지 취미를 시작해 보았다. 예를 들면, 내 취향대로 방을 꾸미거나, 깔끔한 환경이 좋아서 정리하는 습관을 들였다. 그리고 예전부터 해보고 싶었던 일이나, 올해 안에 시도해 보고 싶었던 활동도 해보았다.

반면, 잘 맞지 않는 취미는 과감히 미뤄두고, 나와 맞는 취향과 활동들로 일상을 채워 나갔다. 내가 진심으로 좋아하고 바라던 일을 할 때, 느끼는 성취감은 이루 말할 수 없이 크다. 그리고 컴퓨터에 '나의 장점 파일'을 만들어 장점들을 하나씩 기록했다. 울적해질 때면 그 파일을 다시 보며 스스로를 격려하고, 새로운 장점을 발견할 때마다 추가하며 긍정적인 자아상을 정립해 나갈 수 있었다.

그래도 정말 모르겠다면 타인에게 나에 대해 물어보는 것도 하나의 방법이다. 예컨대, 성향이나 장점, 잘하고 있는 점들을 직접 질문해 볼 수 있다. 나는 심리 상담을 통해 나를 재정립하는 과정도 거쳤지만, 정말 믿을 수 있는 지인이나 가족에게 물어보기도 했다. 이때 방어적으로 반응하지 않고 열린 마음으로 듣는 것이 중요하다. '남이 나를 봤을 때 이런 부분이 있구나. 내가 생각하지 못했던 장점도 있구나.'라고 받아들였다. 그렇게 새로운 내 모습을 알아가며 기록했고, '나는 단점만 많은 줄 알았는데 장점도 많은 사람이구나.'라는 생각을 하게 되었다.

나도 한때 자아상이 왜곡되어 있었다. 그저 내 단점만 바라보고, 고치는 데만 몰두했다. 그러다 보니 자존감은 점점 낮아졌고, 어릴 때부터 들어온 지적과 비난의 목소리가 내 안에 내재화되었다. 유년 시절부터 그 목소리는 나를 감시하며 스스로를 깎아내리는 역할을 했다. 어떤 경험을 하더라도 작은 실패를 겪으면 쉽게 포기하고 싶어졌다. 그리고 '역시 나는 항상 바보 같아. 남들 앞에서 내 주장을 제대로 펼치지도 못하고, 눈치 없이 말만 많아서 사람들이 싫어할 거야.'라는 생각들이 나를 옭아맸다.

하지만 나는 스스로에게 말했다. '아니야, 너 정말 그런 증거 있어? 이 정도면 충분히 대단한 거야!' 그렇게 스스로에게 긍정적인 말을 건네고, 다른 사람들의 칭찬도 진심으로 받아들이려 노력했다. 그리고 참 감사하게도, 주변에서 건네준 좋은 말들이 나를 긍정적으로 변화시키고 이끌어준 것은 확실하다.

나는 예전부터 청소나 정리 정돈 같은 집안일에 소질이 없을 뿐만 아니라, 요리도 못하고 공부도 잘 못하며, 잘하는 것이 하나도 없는 사람이라고 생각했다. 하지만 주변 사람들의 말은 내게 따뜻한 위로가 되었다. "넌 그래도 잘 해낼 수 있을 것 같아.", "서영이는 어린 나이에 결혼해서 아이도 키우고, 책도 많이 읽고, 요리도 잘하겠다! 진짜 멋져." 이런 말들이 나에게 진심으로 와닿았고, 나도 모르게 영향을 받았다. 난 지금도 그 말들이 참 고맙다.

또한 책을 읽고 글을 쓰는 것을 좋아하는 내 모습을 다시 발견하게 해준 사람들의 목소리에도 감사하다. 어릴 때 나는 소설책을 읽는 걸 좋아했다. 하지만 가족들은 '공부는 안 하고 소설책만 읽는다, 소설책은 도움이 안 돼.'라며 핀잔을 줬다. 내가 공책에 재미있는 이야기를 만들어 쓰면 가족들은 몰래 읽어보고는 우습게 여기며 욕했다. 그때 이후로, 나는 글쓰기에 대한 흥미를 잃게 되었다.

아직도 기억에 남는 분이 있다. 고등학교 시절 담임 선생님은, 내가 책상 위에 놓아둔 책을 보고 말씀하셨다. "서영이는 책을 많이 읽네. 정말 좋은 습관이야." 나는 쑥스러워하며 "그렇지만 저는 소설밖에 안 읽어요."라고 답했다. 그러자 선생님은 "그래도 책을 읽는 건 좋은 습관이야."라며 따스하게 칭찬해 주셨다.

성인이 된 후에도 가끔씩 소설책을 읽었는데, 심리 상담사 선생님께서 내가 어린 시절 좋아했던 책 읽기와 글쓰기를 다시 발견해 주셨다. 그 이후로 나는 내 장점을 다시 마주 보게 되었고, 자연스럽게 책을 읽고 글을 쓰기 시작했다. 그렇게 나는 나에게 잘 맞는 취미를 다시 찾았다. 혹시 접어두었던 꿈이나, 잘하지 못한다고 생각했던 일, 부족하다고 느꼈던 부분이 있다면 타인의 목소리에 귀 기울여 보자. 그 안에서 잊고 있던 나의 취미와 장점을 다시 찾을 수도 있다.

나를 잘 알게 되면, 장점에 집중하여 더욱 발전시킬 수 있고, 단점은 보완하며 성장할 수 있다. 앞에서도 이야기했듯이, 단점에만 계속 집중하면 '더 잘해야 한다'는 경직된 사고에 사로잡혀 나를 쉽게 몰아붙이게 된다. 반면, 장점에 집중하면 이를 강점으로 발전시키는 과정에서 성취감을 얻고, 긍정적인 부분에 초점을 맞추며 나아갈 수 있다. 또한 자신의 장점을 이해하는 과정에서 자연스럽게 자신감과 자존감도 높아진다.

자신의 가치관과 성향, 장점 등을 고려하면 더욱 현실적이고 구체적인 목표를 설정할 수 있으며, 이를 성취하는 과정도 한층 더 의미 있게 다가온다. 그렇게 나를 진정으로 알고, 아끼며, 돌보는 법을 배우고 스트레스를 관리한다면 어려운 상황에서도 '나'를 잃지 않을 수 있다. 결국 '나'를 이해하고 존중하는 것이 곧 회복과 성장의 기반이 된다. 어떤 상황에서도 나 자신을 돌보고, 사랑하자.

5장

성장을 위한
한 뼘 명상

셀프 심리 상담법

이 장에서는 스스로 마음을 돌보는 방법을 소개하고자 한다. 물론 나는 심리 상담사 선생님들 외에도 여러 전문적인 도움을 받기도 했지만, 혼자 있을 때 내 마음을 스스로 돌보는 것도 중요하게 여겼다. 몸의 건강을 챙기듯, 마음의 건강도 돌보았다.

먼저, 내가 소개하는 방법들이 모든 사람에게 꼭 맞는 것은 아닐 수도 있음을 밝혀 두고 싶다. 나 역시 반복되는 우울증과 불안 장애 등 여러 심리적 문제를 겪으며 다양한 방법을 공부하고 시도했다. 그 과정에서 나에게 잘 맞는 방법도 있었고, 오히려 실천하기 어려운 방법도 있었다. 그런 점을 염두에 두고 시도해 보고, 맞지 않는다면 과감히 방향을 전환하는 것도 좋은 선택이다. 모든 방법이 틀린 것은 아니다. 중요한 것은 나에게 맞는 방식을 찾고, 심리적인 고통을 덜어내며 긍정적으로 성장하는 것이다. 그것만으로도 충분하다.

첫 번째로 소개하고 싶은 방법은 명상이다. 명상은 평소 인식하지 못했던 나의 호흡에 귀를 기울이고, 감각과 마주하는 과정이다. 만약 몸이 항상 긴장되어 있고, 두통이나 소화불량, 수면 문제 같은 신체화 반응이 자주 나타난다면, 명상이 도움이 될 수 있다. 명상은 짧게 할 수도, 길게 할 수도 있지만 나는 처음이라 짧은 명상부터 시도했다. 처음에는 쉽지 않았다. 집중이 잘되지 않았고, 때로는 잠이 오기도 했다. 하지만 처음에는 그럴 수도 있다고 생각하며 스스로 다독였다. 사람의 생각은 원래 끊임없이 떠오르고 사라진다. 중요한 것은 그럴 때마다 호흡에 다시 집중하고, 생각을 흘려보내는 것이다.

명상을 처음 시도하는 분들에게는 '가이드 명상'을 추천하고 싶다. 유튜브에 '명상'이라고 검색하면 다양한 영상이 나온다. 각자의 취향에 맞는 가이드를 찾는 것이 중요하다. 사람마다 남성 혹은 여성의 목소리, 목소리의 톤과 속도, 배경음악 등 선호하는 요소가 다를 수 있기 때문이다. 자신에게 맞는 명상 가이드를 찾아보는 것을 추천한다.

또한 명상에는 다양한 종류가 있다. 나는 보통 몸이 많이 긴장된다고 느껴서 '이완 명상' 혹은 '마음 챙김 명상'을 찾았고, 산책할 때는 '걷기 명상', 잠이 오지 않을 때는 '수면 명상'을 검색해서 들었다. 가이드의 목소리를 따라 명상하고 나면, 형용하기 어려운 개운함과 정신의 맑음을 느낄 수 있었다.

바쁜 일상 속에서 잠시 멈추어 나에게 휴식을 선사한다는 마음으로, 명상을 어렵게 생각하지 말자. 짧은 가이드 명상도 많으므로 10분 정도의 짧은 것부터 시작해 보는 것을 추천한다. 또는 일상에서 걸어 다니거나 서 있을 때, 발바닥이 땅을 딛고 있는 감각과 몸의 느낌을 인식하는 것도 도움이 된다. 중요한 것은 나에게 맞는 방식을 찾는 것이다. 스트레스로 인해 긴장된 몸을 이완하고, 내 몸을 더 깊이 인식하는 과정에서 평온함을 느낄 수 있다.

두 번째로 소개하고 싶은 방법은 인지적 오류를 찾아보는 것이다. 이는 인지행동치료(CBT)에서 소개되는 기법 중 하나로, 우리가 가진 왜곡된 사고를 인식하고 수정하는 데 도움이 된다. 대표적인 인지적 오류 중 하나는 '당위적인 사고'이다. 이는 '반드시 ~해야 한다.(must)'라는 경직된 사고방식을 의미하며, 자신, 타인, 조건에 대한 당위적 요구로 나뉜다.

자신에 대한 당위성(I must) → "나는 실패해서는 안 돼.", "나는 훌륭한 사람이어야 해.", "나는 반드시 완벽해야 해."

타인에 대한 당위성(Others must) → "타인은 반드시 나를 공정하게 대해야 해.", "타인은 반드시 나에게 친절해야 해."

조건에 대한 당위성(Conditions must) → "나의 가정은 항상 사랑으로 가득 차야 해.", "내 집은 언제나 깨끗해야 해."

이처럼 '항상, 반드시, 절대'와 같은 표현이 반복될수록 사고가 더욱 경직되며, 스트레스도 커질 수 있다. 또한, 심리학자 아론 벡이 제시한 '인지 왜곡'을 통해 자신의 자동적 사고 패턴을 점검해 보는 것도 도움이 된다.

대표적인 인지 왜곡 유형

1. 흑백 논리(All-or-Nothing Thinking)
→ 상황을 극단적으로 해석하는 사고방식이다. 성공과 실패, 올바름과 틀림처럼 두 가지 극단적인 범주로만 생각하고, 중간 단계를 인정하지 않는다.

• 예시: "시험에서 A를 못 받으면 완전히 실패한 거야."
→ 시험에서 A를 받지 못했다고 해서 그 사람의 노력이나 다른 성취를 모두 무가치하게 여기고, 실패로 단정 짓는 경우다.

2. 과잉일반화(Overgeneralization)

→ 하나의 부정적인 사건이 전체적인 삶이나 미래에도 계속 반복될 것
   이라고 믿는 사고방식이다.

• 예시: "오늘 면접에서 떨어졌으니 나는 절대 직장을 구할 수 없을 거
   야."

→ 한 번의 면접 실패를 근거로 앞으로 모든 시도가 실패할 것이라고 확
   대 해석하는 경우다.

3. 정신적 여과 · 선택적 추상(Mental Filter)

→ 긍정적인 정보는 무시하고, 부정적인 정보만 강조하거나 주목하는
   경향이다.

• 예시: "오늘 회의에서 칭찬도 받았지만, 내가 실수한 부분이 너무 커."

→ 여러 긍정적인 피드백이 있었음에도 작은 실수 하나만 크게 부각해,
   전체적인 평가를 부정적으로 해석하는 경우다.

4. 정서적 추리(Emotional Reasoning)

→ 자신의 감정이 곧 진리라고 믿고, 이를 근거로 현실을 판단한다.

- 예시: "나는 불안하니까, 이 일이 분명 잘못될 거야."

→ 현재 느끼는 불안이 실제 근거 없이 부정적인 결과로 이어질 것이라고 확신하는 경우다.

5. 개인화(Personalization)

→ 자신과 무관한 사건을 자신과 연관 지어 해석한다.

- 예시: "동료들이 회의 중에 웃었어, 내가 말한 게 우스웠던 게 틀림없어."

→ 동료들의 웃음이 자신의 발언과 관련 없을 수도 있지만, 이를 자신에 대한 조롱으로 해석하는 경우다.

6. 재앙화(Catastrophizing)

→ 최악의 결과를 떠올리고, 그것이 실제로 일어날 것처럼 걱정한다.

- 예시: "기차를 놓쳤으니 오늘 하루가 완전히 망했어. 더 이상 좋은 일은 없을 거야."

→ 단 하나의 부정적인 사건이 하루 전체를 망칠 거라고 과장하는 경우다.

7. 낙인찍기(Labeling)

→ 특정 사건이나 실수를 자신이나 타인의 정체성으로 연결해 부정적으로 규정짓는다.

• 예시: "나는 실패자야, 이렇게 실수를 하는 사람은 앞으로도 잘할 수 없어."

→ 한 번의 실수로 자신을 '실패자'라고 규정하고, 부정적인 꼬리표를 붙인다.

8. 독심술(Mind Reading)

→ 다른 사람이 자신에 대해 부정적으로 생각하고 있을 것이라고 추측하고 그것을 사실로 여긴다.

• 예시: "저 사람이 날 무시하는 게 분명해, 표정만 봐도 알아."

→ 상대방의 표정이나 행동을 근거로 실제로 확인되지 않은 부정적인 생각을 상정하고 확신한다.

이처럼 우리의 사고방식에는 다양한 인지적 오류가 자리 잡고 있을 수 있다. 하지만 이를 인식하는 것만으로도 감정과 행동에 긍정적인 변화를 가져올 수 있다. 떠오르는 인지적 오류를 글로 정리해 보면 도움이 된다.

자신의 사고 패턴을 객관적으로 바라보고, 반복되는 패턴을 인식할 수 있기 때문이다. 또한, 부정적인 생각이 들 때 '이 생각이 정말 사실일까?' 하고 스스로에게 질문해 보는 과정도 중요하다. 감정에 휩쓸려 부정적인 결론을 내리기보다는, 실제 근거를 따져보며 보다 현실적인 시각으로 바라보는 연습이 필요하다.

경직된 사고를 유연한 사고로 바꿔 표현할 수도 있다. 예를 들어,

"나는 그 일을 반드시 잘해야만 해. 그렇지 않으면 실패자야."

→ "나는 그 일을 잘 해냈으면 좋겠어."

"나는 이번 시험을 꼭 잘 봐야 해. 그렇지 않으면 나는 공부를 못하는 사람이야."

→ "나는 이번 시험을 잘 보고 싶어."

이처럼 스스로에게 가하는 압박을 줄이고, 생각을 조금 더 부드럽게 바꾸는 것이 중요하다. 사고의 틀을 유연하게 만들면 부담감이 줄고, 자연스럽게 긍정적인 태도를 가질 수 있다.

몸과 마음 수업

몸의 건강이 중요하다는 사실은 누구나 잘 알고 있다. 하지만 마음의 건강은 쉽게 지나치기 마련이다. 몸과 마음은 서로 연결되어 있어, 정신적인 건강을 돌보지 않으면 만성적인 신체화 증상이 나타날 수 있다. 이는 결국 일상생활에 지장을 주거나 기능을 저하시킬 위험이 있다.

우울이나 불안 같은 감정은 서로 영향을 주고받으며, 신체와 마음, 그리고 생각에도 큰 영향을 미친다. 앞의 장에서 이야기했듯이, 나는 불안도가 높고, 그로 인해 우울감을 느낄 때마다 즉각적인 이완 효과를 기대하며 술을 찾았다. 하지만 결국 불안과 술이 맞물려 악순환을 만든다는 사실을 깨달았다.

술을 마시면 다음 날 불안이 더 심해졌고, 불안이 커질수록 우울감도 깊어졌다. 또한, 극심한 스트레스를 받으면 두통이 생기거나 소화가 잘되지 않았고, 심할 때는 몸살까지 났다. 그리고 몸이 지치면 다시 우울감이 밀려왔다. 이런 악순환에서 벗어나려면 어떻게 해야 할까? 앞에서 살펴봤듯이, 스스로를 다독이고 소중히 여기는 마음을 가졌다면, 이제는 몸을 움직여야 할 차례다.

하지만 우울이나 불안에 빠지면 모든 것이 귀찮고, 씻거나 방을 치울 여력은 물론, 밥을 챙겨 먹을 기력조차 없을 수 있다. 하지만 지금 이 책을 읽고 있다면, 우울의 메커니즘에서 빠져나올 에너지가 조금이라도 남아 있다는 뜻이다. 그리고 충분히 벗어날 수 있다. 만약 무감각해지고, 모든 것이 버겁게 느껴져 가장 필요한 운동이나 수면, 긍정적인 사고조차 어려운 상태라면, 약의 도움을 받는 것을 추천하고 싶다. 약은 뇌의 화학적 불균형을 조절해 증상을 완화하는 데 도움을 줄 수 있다.

약에 대해 부정적인 생각이 든다면, 의사 선생님과 충분히 상담하며 복용 기간과 목표 등을 조율하는 것이 좋다. 또한, 스스로 판단해 임의로 복용을 중단하지 않는 것이 중요하다. 무리하게 끊으면 우울 증상이 재발하거나 오히려 악화될 가능성이 있다. 따라서 의사 선생님과 상의하며 나에게 맞는 약을 찾아가는 과정이 필요하다. 특히 항우울제는 보통 2주 이상 복용해야 효과가 서서히 나타난다. 약이 효과를 보이면, 조금씩 움직일 수 있는 에너지도 생기게 된다.

그렇게 약의 부수적인 도움을 받아 잠을 깊이 자고, 조금이나마 에너지가 회복되었다면 이제 근본적인 생활 습관을 개선할 차례다. 하지만 여기서 무리하면 오히려 더 힘들어지고, 다시 우울에 빠질 수도 있다. 그렇기 때문에 할 수 있는 만큼만 천천히 실행하는 것이 중요하다. 작은 목표부터 시작해 보자. 우울로 인해 방을 치우지 못하고, 어수선한 환경이 기분을 더욱 가라앉게 만든다면 한 공간을 정리하는 것부터 시작할 수 있다.

만약 방 하나를 온전히 정리하는 것도 벅차다면, 더 작은 구역(섹션)을 나눠서 시도해 보자. 예를 들면, 오늘은 책상 정리, 내일은 침구 세탁, 그다음 날은 옷장 정리처럼 나누는 것이다. 이렇게 조금씩 해나가다 보면 작은 성공 경험이 쌓이며 성취감과 자아 효능감이 생기고 더 많은 활동에도 도전할 수 있게 된다.

수면이 어려운 경우에도 조급해하지 말자. 마음이 힘들면 수면의 질이 쉽게 떨어진다. 약의 도움으로 수면이 개선되었다면 다행이지만, 여전히 잠들기 어렵다면 억지로 잠을 자려고 애쓰지 않아도 된다. 그냥 불을 끄고 눈을 감은 채 조용히 누워 있는 것만으로도 몸은 충분한 휴식을 취할 수 있다. 또한, 수면 명상을 활용해 몸을 이완하는 것도 좋은 방법이다. 이완하고 누워 있는 것만으로도 우리는 충분한 휴식을 하고 있는 상태다.

반대로 수면 시간이 비정상적으로 늘어났다면(예를 들어 10시간 이상 등) 일정한 시각에 기상하는 연습을 해보자. 하지만 정해진 시간에 일어나지 못했다고 좌절할 필요는 없다. 나 또한 수없이 실패했지만, 같은 시간에 일어난 날을 캘린더에 표시하며 작은 성취감을 쌓아갔다. 이렇게 반복하다 보면 습관이 형성되고, 아침 기상이 점점 더 수월해진다. 자신이 목표하는 기상 시간을 정해 캘린더나 메모장에 표시해 보자. 조금씩 습관을 만들어 가다 보면, 어느새 변화를 경험할 수 있을 것이다.

스마트폰이 수면을 방해한다면, 일정한 시간을 정해 방해 금지 모드를 설정하는 것도 좋은 방법이다. 나는 의식적으로 자기 직전에는 인스타그램 같은 SNS를 하지 않았다. 아이를 일찍 출산하고 혼자 육아를 하면서 극심한 우울을 겪었을 때, 내 또래 친구들이 자유롭게 놀러 다니는 모습을 보며 부러움을 느꼈다. 미혼모 시설 방 한켠에서 홀로 휴대폰을 들여다보며, 알고리즘이 보여주는 나와는 관계도 없는 사람들의 화려한 일상을 보고 상대적 박탈감을 느끼기도 했다. 평소 낮에는 괜찮았지만, 아이를 재운 후 SNS를 보면 유독 우울감이 심해졌다.

SNS는 끊임없이 우리의 시간을 붙잡아 두고, 관계없는 사람들의 행복한 모습을 보여준다. 잘 활용하면 유익하지만, 만약 이런 콘텐츠가 우울감을 심화시키고 수면에도 영향을 준다면 잠들기 1~2시간 전부터 SNS를 멀리하는 것도 좋은 방법이다. 물론 극단적으로 SNS를 완전히 끊거나 삭제할 수도 있지만, 현실적으로 지속하기 어려울 수 있다. 중요한 것은 무리한 목표를 세우기보다, 가능한 만큼 거리를 두며 조절하는 것이다.

또한, 우리는 스마트폰의 알림 소리만으로도 쉽게 자극을 받고 알고리즘에 빠져 수면 시간을 놓치기 쉽다. 따라서 스마트폰 기능을 활용해 일정 시간 방해 금지 모드를 설정하고, 주변 환경을 어둡게 조성하는 것이 좋다. 질 좋은 수면을 위해 멜라토닌 분비를 돕는 것도 필요하다. 나의 경우, 웬만하면 저녁 8시부터 조명을 어둡게 바꾸고 서서히 잘 준비를 한다. 그리고 9시부터 방해 금지 모드를 켜두고 알림과 같은 자극을 차단한 채, 책을 읽거나 누워서 명상하며 몸을 이완한다. 이렇게 습관을 들이면 점점 더 쉽게 잠들 수 있다. 당신도 자신에게 맞는 수면 습관을 만들어 보면 어떨까?

우울할 때 생활 습관을 개선하려면 햇빛을 보고 운동하라는 조언을 많이 듣게 된다. 하지만 우울하면 모든 것이 귀찮고, 기운조차 없는 상태에서 어떻게 운동을 하라는 건지 도무지 이해되지 않는다. 운동이 우울에 도움이 된다는 것은 알지만, 땀 흘리는 게 싫고 몸을 움직일 힘조차 없는 당신에게 조금 더 현실적인 방법을 추천하고 싶다. 나 또한 주변 사람들에게 공원에서 숨차게 뛰어다니거나, 탁구 등 다양한 운동을 해보라는 조언을 들었다. 하지만 그럴 의지도, 에너지도 없었다. 심리 상담사 선생님은 처음에 누워 있더라도 햇빛이 들어오는 창가 가까이에 있어 보라고 추천해 주셨고, 나는 그렇게 실행하기 시작했다.

당신도 산책할 기력조차 없다면, 우선 창가에서 햇볕을 쬐어 보는 것은 어떨까? 그렇게 작은 변화가 쌓이다 보면, 조금씩 움직일 힘도 생긴다. 나 역시 약과 여러 가지 도움을 받으며 에너지가 조금 회복되었을 때, 가까운 놀이터 벤치에 앉아 10분 정도 햇빛을 쬐고 돌아왔다. 그러자 에너지가 더 생기면서 화창한 날에는 15~20분가량 걷기도 했다.

집에서 아주 가까운 거리에 놀이터나 공원, 등산로가 있다면, 그저 벤치에 앉아 햇볕 쬐어 보는 것은 어떨까? 그렇게 가만히 앉아 있으면, 놀고 있는 아이들의 깔깔거리며 웃는 소리, 새 소리, 바람에 흔들리는 나뭇잎의 청아한 소리가 들려온다. 잠시나마 그 여유를 즐겨 보자. 아니면 당신이 좋아하는 노래를 가득 담은 플레이리스트를 들으며 걸어도 좋고, 벤치에 앉아 음악을 들으며 햇볕을 쬐어도 좋다. 걷기 명상을 하면서 걸어도 좋다. 어떤 방식이든 당신이 가장 편한 방법으로 햇볕을 쬐며, 나를 위한 시간을 가져보자.

운동이라고 해서 거창하게 시작할 필요는 없다. 나도 그런 말만 들어도 덜컥 부담스러워지고, 회피하다가 결국 다시 우울해지곤 했다. 하지만 작은 목표를 세우고, 하나씩 점진적으로 시도해 보자. 우리는 할 수 있는 만큼만 하면 된다. 만약 집 밖에 나가는 것조차 힘들다면, 10분 정도 요가나 스트레칭을 해보는 것은 어떨까? 유튜브에서 5분짜리 짧은 스트레칭 영상이나 요가 영상을 쉽게 찾을 수 있다. 침대에서 벗어나기도 어렵다면, 침대에서 할 수 있는 요가나 스트레칭 영상도 많다.

나도 처음에는 가장 쉬워 보이고 짧게 할 수 있는 영상부터 찾아 시작했다. 내가 할 수 있는 만큼만 하면 된다. 그러다 보면 몸이 시원해지는 걸 느끼고, 점점 더 해보고 싶은 욕심도 생긴다. 그렇게 20분짜리 요가나 스트레칭 영상을 따라 하게 되고, 자연스럽게 가벼운 운동에 대한 의지도 생긴다. 나 역시 비가 오거나 밖에 나가기 어려운 날에는 집에서 간단한 요가나 스트레칭을 하며 몸을 풀었다. 몸이 아프면 마음도 힘들어지고, 반대로 극심한 마음의 고통이 신체화 증상으로 나타나기도 한다. 몸과 마음은 서로 깊이 연결되어 있다. 그러니 이 사실을 이해하고, 자신을 돌보는 데 집중해 보자.

당신의 회복 탄력성은 괜찮은가요?

회복 탄력성이란 어려움과 역경, 스트레스 상황에서도 이를 극복하고 다시 일어설 수 있는 긍정적인 힘을 의미한다. 회복 탄력성이 높은 사람은 좌절이나 실패를 경험해도 쉽게 무너지지 않고, 그 경험을 통해 배우고 성장하려고 한다. 반대로 회복 탄력성이 낮으면 작은 실패에도 쉽게 좌절하고, '학습된 무기력'에 빠지기 쉽다.

이와 관련해 한 번쯤 들어본 이야기가 있을 것이다. 서커스단에서 쇼를 하는 코끼리는 도망가지 못하도록 길들여진다. 새끼 코끼리일 때 다리에 쇠사슬을 채우고 말뚝에 묶어두면, 아무리 발버둥 쳐도 벗어날 수 없다. 반복된 시도 끝에 결국 포기하게 되고, 어른 코끼리가 되어 충분히 쇠사슬을 끊고 도망갈 힘이 생겼음에도 불구하고 새끼 시절의 경험 때문에 탈출을 시도하지 않는다. 이처럼 학습된 무기력은 우리에게도 적용해 볼 수 있다. 충분히 피하거나 극복할 수 있는 상황에서도 스스로 한계를 정하고, 아무 것도 바꿀 수 없다고 여기며 무기력해지는 경우가 많다. 당신의 삶에도 보이지 않는 쇠사슬이 발목을 붙잡고 있지는 않은지 점검해 보면 좋겠다.

회복 탄력성은 인생에서 피할 수 없는 어려움과 실패, 좌절을 극복하고 다시 일어서는 긍정적인 힘이다. 나는 이를 마음의 근육이라고 표현하고 싶다. 신체의 근육량이 부족해지면 체력이 저하되고 쉽게 피로해지며, 간 단한 동작에도 허리를 삐거나 부상을 입기 쉬워진다. 마찬가지로, 회복 탄 력성이 낮으면 스트레스에 취약해지고, 힘든 상황에서 쉽게 무너지며 극 복하기 어려워 무기력해질 수 있다. 하지만 마음의 근육인 회복 탄력성은 서서히 키워나갈 수 있다. 앞서 살펴본 신경 가소성의 개념처럼, 뇌는 끊 임없이 변화하며 좋은 자극과 행동 습관을 통해 긍정적인 방향으로 나아 갈 수 있다. 이 사실은 우리에게 큰 위로가 되어준다.

또한, 우리는 'PTSD(외상 후 스트레스 장애)'라는 개념에는 익숙하지만 'PTG(외상 후 성장)'에 대해서는 잘 알지 못한다. PTG는 단순한 회복을 넘어 심리적 외상을 경험한 후 어려운 상황 속에서 새로운 통찰이나 강점 을 발견하며 더 단단해지는 과정을 의미한다. 당신이 겪고 있는 심리적 어 려움과 고통도 충분히 회복될 수 있으며, 더 나아가 성장의 기회가 될 수 있다. 현재 심리적 어려움과 좌절을 겪고 있는 당신에게 조금이나마 위로가 되길 바란다.

현실적으로 회복 탄력성을 높이는 방법에는 무엇이 있을까? 나는 어느 날 똑똑한 유튜브 알고리즘 덕분에 지나영 교수님의 영상을 보게 되었고, 그 내용이 깊이 와닿아 실천하게 되었다. 교수님은 자신의 경험을 바탕으로 다양한 방법을 소개하셨다. 교수님은 극심한 아픔을 겪으며 1년 가까이 집에서 누워 지냈고, 의사로서의 일도 할 수 없는 상황에 놓였다고 한다. 하지만 그때도 '그래도 뭔가 여기서 할 일이 있겠지. 누워서도 할 일이 있겠지.'라는 마음으로 집필을 시작하셨다고 한다. 완전히 무너졌을 때 새로운 길이 열리는 걸 경험하신 교수님의 경험담이 나에게도 크게 와닿았고 위로가 되었다.

교수님은 이렇게 말씀하셨다. "자신이 실패나 시련이 왔다고 생각했을 때 완전 나쁜 게 아니다.", "모든 상황에 양면이 있다는 걸 아는 사람은 그 뒷면을 찾을 수가 있구나." 나 역시 모로코에서 벗어날 수 없다는 현실에 갇혀 답답함과 무력감을 느꼈다. 하지만 그 속에서도 '내가 지금 할 수 있는 것이 무엇일까?'를 고민했다. 한국에 돌아갔을 때 무엇을 할 수 있을지 생각하며, 유튜브로 영어 공부를 하거나 도움을 받을 수 있는 기관을 찾아보았고, 할 수 있는 일들을 기록하며 끊임없이 노력했다. 그때는 몰랐지만, 돌이켜보면 그 모든 작은 시도들이 내가 앞으로 나아갈 수 있는 힘이 되어주었다. 그래서 교수님의 말이 더욱 깊이 와닿았던 것 같다.

교수님은 "우리는 인생을 살면서 실패하지 않을 수 없고 실수하지 않을 수가 없다. 그때 좌절해버리면 성장이 거기서 주춤하거나 멈추거나 뒤로 갈 수 있다. 그 무너진 안에도 뒷면에 밝은 면이 있다고 생각하는 사람은 뒷면을 찾아낸다."라고 하셨다. 그러면서 교수님은 생각을 전환하는 마법 같은 대화법을 소개하셨다. 그중 하나가 'I choose to' 대화법이다.

한국인들은 'I have to(나는 ~해야만 한다.)'라는 표현을 자주 쓴다. 예를 들어 'I have to go to school.(나는 학교에 가야 해.)', 'I have to go to work.(나는 출근해야 해.)'같은 식이다. 언뜻 보면 주도성이 포함된 표현 같지만, 사실 '누군가 시켜서 해야 한다.', '상황 때문에 내가 할 수 없이 억지로 해야 돼.'와 같은 뉘앙스를 담고 있다.

하지만 교수님은 '해야만 하는 일이 아니라, 내가 선택한 일이다.'라는 관점으로 바꿀 것을 제안하셨다. 즉, 'I have to'가 아니라 'I choose to(내가 ~하기로 선택했다.)'라고 말하는 것이다.

많은 사람들이 "하지만 나는 직장에 가야 돼요."라고 말하지만, 교수님은 이렇게 말하셨다. "아니에요. 직장 안 갈 수도 있어요. 월세 못 내고 고시원 들어가고 컵라면만 먹고 그렇게 할 수 있어요. 근데 당신이 안 하는 이유는 You chose it." 결국, 내가 직장을 가서 돈을 벌고 월세 내기로 선택한 것이다. 인간이 행복감과 만족감을 느끼기 위해서는 없어서는 안 되는 게 자율성이라고 한다. 그래서 교수님이 소개하는 방법은 말 하나 바꿈으로써 주도성을 가져오는 것이다.

그리고 또 다른 마법의 말은 'I get to(내가 이걸 하게 됐다니.)' 대화법이다. 예를 들어 '와 내가 학교에 갈 수 있다니.', '와, 이렇게 매일 갈 수 있는 직장이 있다니.' 뭘 하게 될 기회를 얻어서 좋다는 의미이다. 이렇게 표현을 바꾸면, 해야만 하는 일처럼 느껴지던 게 오히려 '기회'로 받아들여지고, 감사하는 마음이 생기게 된다.

우리 머릿속에는 '감사회로'가 있다. 감사하는 마음을 가지면 부교감 신경이 활성화되면서 몸이 편안해지고, 호흡이 안정되며, 심장 박동도 차분해진다. 몸 전체의 긴장이 풀리면서 자연스럽게 이완된다. 또한 감사를 하면 '도파민'과 '세로토닌'이 분비된다. 도파민은 동기부여와 기분이 좋을 때 나오는 신경전달 물질로, 감사를 하면 기분이 좋아지고 더 많은 감사를 하고 싶어지는 선순환이 만들어진다.

세로토닌은 흔히 행복 호르몬이라고 불리는데 대부분의 항우울제가 바로 세로토닌 수치를 올리는 역할을 한다. 감사를 하면 세로토닌이 저절로 올라가게 된다. 결국에는 기분이 좋아지고, 더 감사하고 싶어지며 자신이 복 받은 사람처럼 느껴진다. 이렇게 감사회로가 활성화되면 고속도로가 되어 별거 아닌 일에도 감사하게 되고 감사 효과가 오래 지속된다.

더욱 흥미로운 사실은 타인에게 감사를 표현하면 내 감사회로뿐만 아니라, 상대방의 감사회로도 함께 활성화된다는 것이다. 즉, 서로에게 긍정적인 영향을 주는 '윈-윈 효과'가 생긴다. 〈유튜브 채널: 지식인사이드. "모든 고민이 해결된다." 유독 자존감 높은 사람들이 매일 쓰는 말(지나영 교수 2부)〉

나는 이 영상을 보게 되어 무척 감사했다. 교수님이 소개한 방법들을 실생활에 적용하면서 작은 변화를 경험할 수 있었다. 무력감을 느끼고 통제할 수 없는 상황에서 좌절하게 될 때면 '그래도 내가 할 수 있는 일이 무언가 있겠지.'라고 생각하며 다시 마음을 다잡았다.

또한, 내가 좋아서 시작했던 일들이 어느 순간 의무감으로 느껴질 때 교수님의 방법을 떠올렸다. '아 맞다. 이건 내가 좋아서 선택한 일이잖아.', '내가 심리학 공부를 할 수 있음에 감사해.' 하며 생각의 방향을 바꿨다. 억지로 해야 한다는 부담이 줄어들고, 다시 처음의 열정을 되찾을 수 있었다. 감사 일기를 쓰는 것도 좋은 방법이지만, 이처럼 일상에서 무심코 떠오르는 부정적인 생각을 즉시 전환하는 것도 자율성을 회복하는 데 큰 도움이 되었다.

이전에도 '감사의 힘'은 알고 있었지만, 교수님의 영상을 보고 나서 이를 더 깊이 이해하고 새로운 방식으로 적용할 수 있게 되었다. 이전에는 감사 일기를 쓰며 하루에 세 가지 정도 감사한 일을 간단히 적곤 했다. 하지만 '내가 감사회로를 돌리면 상대방의 감사회로도 함께 돌아간다'라는 이야기가 마음에 남아, 주변 사람들에게도 감사를 적극적으로 표현하기 시작했다.

사소한 부분도 놓치지 않고 감사하다고 전하면 상대방도 기분이 좋아지고, 나 역시 그 모습을 보며 기쁨을 느끼게 되었다. 처음에는 쑥스러워 가까운 사람들에게만 실천해 보았다. 남편에게 "오늘 차로 데려다줘서 고마워."라고 말하면 남편도 기분이 좋아졌고, 나 또한 그 모습을 보며 기뻤다. 아이에게 "엄마를 이해해 줘서 고마워."라고 하면 아이가 기분 좋게 웃었고, 나 역시 그 모습에서 따뜻함을 느꼈다. 점차 변화가 찾아왔다. 내가 감사를 전하면서 가족들도 나에게 먼저 감사의 말을 건네기 시작했다.

감사의 표현은 남에게 전하는 것도 좋고, 나에게 직접 말해주는 것도 도움이 되며, 일상 속에서 감사할 상황을 찾아보는 것도 큰 힘이 된다. 그렇게 감사를 실천하면서 자연스럽게 나 자신에게도 감사하는 습관이 자리 잡았다. '오늘도 이렇게 애쓰며 잘 살아준 나, 정말 고마워.', '공부를 할수 있음에 감사해.', '오늘 아침, 건강하게 눈을 뜰 수 있어 감사해.', '요즘에 온라인으로 시공간의 제약 없이 관심 있는 분야를 배울 수 있음에 감사해.', '책이 비싸서 사는 게 망설여졌는데 도서관을 이용할 수 있음에 감사해.' 이처럼 감사의 마음은 점점 확장되며, 삶의 작은 순간에서도 감사할 것들을 찾아낼 수 있도록 도와주었다.

아주 작고 사소한 성공이라도 되새기고, 명상이나 가벼운 운동처럼 신체적 · 정서적 건강을 돌보며, 실패하거나 좌절할 수밖에 없는 순간에도 '내가 할 수 있는 일이 분명히 있다.'라는 믿음을 잃지 않는 것이 중요하다. 또한, 벗어날 수 없을 것만 같은 힘든 상황에서도 배울 점을 찾고, 지금 당장 실천할 수 있는 일을 고민하며 한 걸음씩 나아가는 과정 자체가 회복탄력성을 키우는 힘이 된다.

내가 힘들었던 상황에서 쓴 일기를 보며 하나의 예시로 삼고 위로가 되었으면 좋겠다.

2020년 4월, 모로코에서

코로나 때문에 22일인가 23일째 밖에 나가지 못하고 있다. 밖에 나갈 수 없다는 게 생각보다 괴로운 일인 것 같다. (생략) 아기를 낳았다고 해서 나는 전혀 불행하지 않다. 나에게 주어진 인생에 만족하며 살아갈 것이다. 계속해서 불행하다고 생각하면 정말 한도 끝도 없다. 나는 지금껏 잘해왔다.

2020년 7월 19일, 모로코에서

오늘은 방 청소를 했다. 땀을 뻘뻘 흘리고 바닥을 락스와 물로 청소하느라 무척 힘들었다. 모로코는 너무 덥다. 심지어 집에 에어컨이 없어서 기력이 없다. (생략) 미루고 미루느라 보지 못했던 영화를 봤다. 어제는 〈신비한 동물사전 1〉을 봤고, 오늘은 2편을 볼 예정이다. 서영아, 언제나 긍정적이게…!

2020년 7월 31일, 모로코에서

요즘 경제 다큐를 보면서 역사 배경을 찾아보는 게 재밌어졌고, 프랑스에 대한 관심도 커졌다.

아무래도 한국에서 들고 온 소설 『파리의 아파트』 때문일 것이다. 이번 주에는 프랑스어 발음 공부를 해봐야지. 계획을 세워두니 시간이 더 빨리 가는 것 같고, 자기 계발을 하고 있다는 생각에 뿌듯하다.

2021년 1월 15일, 미혼모 시설에서

요즘 약을 먹어도 꿈을 꾸는데, 꿈의 분위기가 조금 어둡다. 얼마 전에는 가위도 눌리고…. 어쨌든 이 기분에 휩쓸리지 말고, 내일부터라도 열심히 검정고시 공부를 해야지. 나를 너무 못한다고 몰아붙이지 말고 잘할 수 있다고 격려해 주는 게 중요한 것 같다.

(사회복지사) 쌤이 인간은 칭찬에 인색하다고 했다. 진짜 그렇게 생각하지 않으면 말해주지도 않으며 여러 사람이 말해주는 건 정말이라고, 믿어보라고 하셨다. 그리고 칭찬 받을 만한 사람이라고 생각하라고 좋은 말씀을 해주셨다. 너무 감사하고 감동이다. 나에게 필요한 말씀을 쏙 골라서 해주시다니….

2021년 2월 24일, 정신건강의학과 병동 입원했을 때

어제 급하게 입원했다. 또다시 자해했고, 사회복지사 선생님께서 입원이 적절하다고 판단하셨고 나 또한 그렇게 생각했다. 지금은 자해를 심하게 하지는 않지만, 습관성 자해로 이어질 수 있다는 말을 듣고 위험 신호라고 판단을 내렸다. (생략) 처음 입원했을 때는 손이 떨릴 정도로 불안하고 긴장했는데, 밖에 나갈 수 있도록 해주시고, 책도 읽게 해주시는 등 편의를 봐주신 주치의 선생님께 감사하다고 말씀드렸다.

격리가 끝나고 일반 병실로 옮기라고 하셔서 짐을 옮겼다. 옮기고 나서 책을 정말 많이 읽었다. 남는 게 시간이라서 지루해지면 책을 읽었다. 그래도 책이 질리면 책에서 나오는 질문을 공책에 답을 써 내려가기도 하고 컬러링 북을 색칠하기도 했다. 얼마나 감사한지 모르겠다.

2021년 2월 26일, 정신건강의학과 병동 입원했을 때

소피아를 못 본 지 거의 2주가 되어가니 도저히 못 버티겠다. 사진과 동영상을 보다가 감정이 복받쳤다. 그렇게 낮 내내 기분이 좋지 않았다.

이곳에서 가장 힘든 점은, 갑자기 불안이 올라오거나 스트레스를 받을 때 바로 누군가에게 심리적 안정을 도움받을 수 없다. 결국 난 안정실에서 30분 정도 머물기로 했고, 10분 정도 대성통곡을 했다. 안정제를 물과 함께 밀어 넣었다. 갖고 온 컬러링 북을 색칠하고 나니 한결 마음이 편해져 다시 책이 눈에 들어왔다.

깨달은 점은, 내가 지나치게 타인을 의지한다는 것이었다. 술이 아니라, 정말 갑자기 불안이 올라와서 충동이 생길 때, 나 혼자 다스릴 수 있는 법을 배워야겠다고 느꼈다. 몇 년이 걸릴지도 모르겠다. 하지만 한 번 터득하게 된다면 정말 건강한 삶을 살 수 있겠지.

빨리 아이가 보고 싶다. 아장아장 걷는 모습, 나를 보며 씨익 웃어줄 때 들어가는 보조개 모든 게 다 그립다. 왜 전에는 더 잘해주지 못했을까 라는 생각도 했는데, 오히려 감사하다. 이렇게 깨달았기에 아이에게 더 좋은 엄마가 될 수 있는 계기가 되었기 때문이다.

2021년 2월 28일

내 옆에 자는 사람이 피해망상을 앓고 있는 것 같다. 이유 없이 나를 미워했는데 오늘 사과를 건넸다. 나에겐 큰 의미였으며 감사하다.

2021년 3월 7일

뒹굴뒹굴해도 밥을 먹을 수 있음에 감사하다. 오늘 식단은 정말 맛있었다. 배불리 잘 먹을 수 있었음에 감사하다.

2021년 3월 8일

내 상태가 좋아지고 있음에 감사하다.

2021년 3월 17일

사회복지사 선생님이랑 오랜만에 이야기했다. 누군가 내 이야기를 들어줄 사람이 있음에 감사하다.

소피아가 '아니야'라는 말을 할 줄 알게 되었음에 감사하다. 소피아가 잘 성장해 주고 있다는 느낌이 들기 때문이다.

몸과 마음은 연결되어 있어서

우울증에 시달릴 때, 몸이 툭하면 아팠다. 특히 거의 매일 두통에 시달렸고 소화도 잘되지 않았다. 남들이 눈치챌 정도로 손을 심하게 떨었고, 몸이 꼭 고장 난 것만 같았다. 글씨를 쓰는 것조차 쉽지 않았고, 화장을 할 때도 손이 떨려 마스카라나 아이라이너를 그리는 게 어려웠다. 일정하게 선을 그리고 싶었지만, 자꾸만 엇나가곤 했다.(술의 영향도 있었겠지만, 스트레스 요인을 줄이고 정신 건강을 돌보면서 이 증상은 말끔하게 사라졌다.) 사람들 앞에서 글씨를 쓸 때 손이 극심하게 떨려 스스로 부끄럽게 느끼곤 했다.

두통이 찾아오면 아주 사소한 일에도 집중하기 어려웠고, 일상생활에서조차 극심한 불편을 겪었다. 그리고 조금만 무리해도 고열이 나고, 온몸을 얻어맞은 듯한 근육통과 함께 지독한 몸살을 앓았다. 사실 무리했다고 할 만큼의 일도 아니었다. 가끔 아이와 함께 놀이공원이나 키즈카페에 가거나, 친구들을 만날 때, 시험 기간 이후에 몸살이 났다. 나는 아이와 자주 나가서 즐겁게 놀아주고, 뭐든 척척 잘 해내고 싶었다. 하지만 그게 마음대로 되지 않으니 억울하고 너무나 힘겨웠다. 정말 심할 때는 한두 달 간격으로, 길게는 2주씩 앓아누웠다.

이전에 모로코에서 한국으로 돌아온 지 얼마 되지 않았고 미혼모 시설에서 아이를 홀로 키우던 상황에서 아이를 부정하는 아이 아빠를 보며, 온 세상이 무너지는 듯한 절망감과 허무감, 상실감을 느꼈다. 하루를 꼬박 울고 나니 고열이 나면서 극심한 몸살을 앓았다. 그때 원장님은 나를 안쓰럽게 바라보며 "그 정도로 울고 스트레스를 받으면 몸살이 날 만도 하지."라고 말씀해 주셨다. 이후 마음이 조금 추슬러진 뒤에도 나는 스트레스에 취약해 틈만 나면 자주 아팠다.

원장님은 그런 나를 데리고 카페에 가서 따뜻하게 말씀해 주셨다. '마음과 몸은 연결되어 있다.'라고. 그 말이 마음 깊이 와닿았다. 하지만 내가 아플 때 나를 간호해 줄 사람조차 없다는 사실이 더없이 외롭고 슬퍼졌다. 울면 다시 두통이 찾아오고, 또 아프기 시작하는 무한한 굴레였다.

게다가 몸이 아프면 나뿐만 아니라 아이도 돌볼 수 없는 상태가 되어버리니, 그때부터 마음과 몸의 건강을 챙기는 것이 얼마나 중요한지 뼈저리게 깨닫게 되었다. 한때 한약을 지어 먹기도 하고 아프면 병원에서 받아온 약을 꼬박꼬박 챙겨 먹으며 몸살을 빠르게 낫게 해주는 주사를 맞기도 했다. 하지만 그것은 단지 현재 나타난 증상을 잠시 잠재울 뿐, 근본적인 해결 방법이 아니라는 사실을 알게 되었다.

몸과 마음은 연결되어 있다. 몸이 아프면 마음이 아프기 마련이고, 반대로 마음이 아플 때 신체화 반응으로 몸이 아프기도 한다. 실제로 스트레스는 우리의 면역 체계를 약화시켜 감염이나 질병에 더 취약하게 만든다.

스트레스는 염증을 유발하는 '사이토카인'의 분비를 증가시키는데, 만성적인 스트레스는 이 염증 상태를 지속적으로 유지하게 하며 면역 체계를 혼란스럽게 만든다. 일례로, 우울증 환자들은 면역 반응이 저하되는 경향이 있다고 한다. 흥미로운 점은, 스트레스가 감염성 질환은 아니지만 면역 체계를 속여 실제로 아픈 부위가 없어도 병에 걸린 것처럼 느끼게 한다는 것이다. 이를 '무균 면역 반응'이라고 하는데, 이질적인 박테리아나 바이러스가 신체 내에 없으므로 무균 상태이지만 면역 체계는 마치 감염된 것처럼 행동한다.

제니퍼 헤이스의『운동의 뇌과학』에 따르면, 유당불내증이 있는 사람들은 스트레스를 받았을 때 평소보다 더 심한 유제품 거부 반응을 경험한다고 한다. 스트레스가 유당이나 다른 알레르기 유발 항원에 대한 민감도를 높이는 것이다. 즉, 정신적으로 힘든 시기에 쉽게 아픈 이유도 스트레스 때문이며, 스트레스가 감염에 취약하게 만드는 요인 중 하나라는 것이다. 이러한 이유로 스트레스를 많이 받는 직업에 종사하는 사람들은 심장병이나 뇌졸중과 같은 염증성 질환의 발병 가능성이 더 높다고 한다.

나는 그제야 자꾸만 아픈 내 몸을 이론적으로 이해하기 시작했다. 몸과 마음의 건강을 모두 소중하게 여기고 관리해야 한다. 우리는 한 명 한 명 모두가 소중한 존재라는 사실을 익히 들어 알고 있다. 그런데 왜 정작 나 자신을 소중하게 여기지 못할까? 자신을 소중히 여긴다는 것은 거창한 일이 아니다. 아주 사소한 부분에서 나를 돌보고 챙기는 것이다. 그렇게 나 자신이 소중하다는 사실을 일깨워야 한다. 마음과 몸이 보내는 신호에 세심하게 귀 기울이고 보살피면서, 나의 소중함을 알아가야 한다.

나를 아끼는 행동은 아주 작고 짧은 시간 안에 실천할 수 있다. 간단한 스트레칭을 하거나, 건강하고 맛있는 음식을 예쁜 접시에 담아 대접하는 것, 건강을 유지하기 위해 영양제를 꼬박꼬박 챙겨 먹는 것, 그리고 스스로에게 아낌없는 칭찬과 격려를 건네거나 다이어리에 적어보는 것도 모두 나를 위한 일이라는 사실을 깨달았다. 항상 이 사실을 상기하자. 마음과 몸의 건강을 챙기는 것은, 내가 소중한 존재이기 때문에 하는 일이라는 것을.

나는 앞서 이야기했듯이 땀을 흘릴 정도로 격한 운동을 그다지 좋아하지 않는다. 하지만 우울증을 극복하는 데 도움이 되는 책이나 영상을 찾아보면 하나같이 운동의 중요성을 강조했다. 그래서 나름대로 꾀를 내어, 땀을 흘리지 않을 수 있는 수영에 등록하기도 했다. 그런데 당시 나는 일을 하고 있었고, 수영장은 집에서 거리가 조금 멀었다. 퇴근 후, 엄청난 피로감을 이겨내고 가는 것이 무척 괴로웠다. 그래도 돈이 아까워서 꾸역꾸역 강습 회기를 채웠다. 그리고 재빨리 다른 운동을 찾아보기 시작했다.

나는 오히려 정적이고, 호흡에 집중할 수 있는 요가가 나에게 안성맞춤이었다. 게다가 유튜브를 활용하면 돈을 들이지 않고도 할 수 있고, 장소에도 제약받지 않는다는 점이 마음에 들었다. 다이어트처럼 살을 빼거나 멋진 몸매를 만들기 위한 목적이 아니라, 마음 건강을 위한 운동이라고 생각했다. 나의 기준은 짧은 시간 안에 할 수 있고, 크게 힘을 들이지 않아도 되는 운동이었다. 그리고 요가와 산책이 그 조건에 딱 맞았다. 억지로 힘겹게 운동할 필요는 없다. 당신에게 맞는 운동을 찾아보자.

실제로 우울이나 불안에 운동은 분명 도움이 된다. 하지만 몸이 아프고,

우울과 불안에 사로잡혀 움직이는 것조차 힘든 상태에서 '운동'이라고 하면 땀을 뻘뻘 흘리고 고강도 운동을 해야 한다는 이미지가 떠올라 지레 겁을 먹고 시도조차 하지 않게 되기 쉽다. 『운동의 뇌과학』에서 소개된 연구에 따르면, 운동을 하지 않은 사람들은 우울증에 걸린 확률이 높았으며, 반대로 어떤 강도로든 일주일에 1시간 이상 운동한 사람은 우울증 발병 위험이 낮았다. 여기서 흥미로운 점은 1시간 넘게 운동하거나 강도를 높여도 우울증 예방 효과가 더 높아지지는 않았다는 것이다. 즉, 어떤 강도로든 일주일에 1시간만 운동해도 충분히 우울증 예방 효과를 볼 수 있다고 저자는 말한다.

만약 이 책을 읽고 있는 당신이 살을 빼거나 멋진 몸매를 만들기 위한 목적이 아니라, 오직 우울에 벗어나고자 운동을 고민하고 있다면 부담감을 가질 필요가 없다. 할 수 있는 만큼만 시작해 보는 것은 어떨까?

나는 이 글을 쓰기 전까지 이런 이론적인 부분은 몰랐지만, 어찌 되었든 운동은 해야 할 것만 같았다. 다만 땀을 흘릴 정도로 격한 운동은 기피했기에, 쉽고 가볍게 따라 할 수 있는 요가가 적합하다고 느꼈다. 요가는 하면 할수록 재미가 붙었고, 나중에는 근력을 강화할 수 있는 20분 정도 되는 짧은 요가 영상도 따라 하게 되었다.

또한, 햇빛이 선명한 날에는 산책을 나갔다. 거창하게 뛰거나 시간을 채우려 애쓰기보다, 그저 따사로운 햇볕을 받으며 음악을 듣거나 선선한 바람을 느끼며 걸었다. 익히 들어서 알고 있겠지만, 햇빛 또한 우울증 완화에 도움이 된다. 연구에 따르면 비타민D 결핍이 우울증과 관련이 있으며, 햇빛을 받으면 자연적으로 비타민D를 합성해 우리의 생체시계를 조절해준다.

햇빛에 노출되면 낮 동안 세로토닌 수치가 증가하고 밤이 되면 이 세로토닌이 멜라토닌으로 전환된다. 멜라토닌은 수면을 유도하는 호르몬으로, 햇빛을 적절히 받으면 밤에 숙면을 취하는 데에도 도움이 되니 여러 방면에서 좋다. 나를 위해서 할 수 있는 것들을 고민하고, 부담 없이 지킬 수 있는 루틴을 만들어 보자. 여기서 꼭 이야기 해주고 싶은 것은, 운동을 거창하게 시작할 필요도 없으며, 매일 억지로 지키려 애쓸 필요도 없다는 점이다. 그저 나 자신을 위해 간단하게 시도해 보는 것만으로도 의미가 있으며, 그것이 분명 스스로를 위한 든든한 발판이 되어줄 것이다.

내 마음과 몸의 용량 알기

앞 장에서 이야기했듯이, 나는 마음이 아팠고 몸도 자주 아팠다. 무리한 일을 한 것도 아닌데, 단순한 일상 속에서도 자꾸만 몸이 아팠다. 그때부터 에너지 분배의 중요성을 절실히 깨닫게 되었다. 우리에게 휴식은 매우 중요하다. 하지만 바쁜 일상에 이리저리 치이다 보면 정작 가장 중요한 휴식을 놓치기 십상이다.

사람의 에너지는 한정적이다. 예를 들어, 시험 기간 동안 공부에 몰입해 시험을 잘 치르는 데 모든 에너지를 쏟았다고 해보자. 시험을 마치고 충분히 쉬고 싶었지만, 휴식을 취할 틈도 없이 집안일이 쌓여 있고 아이가 놀아달라고 보채기 시작하면 금세 짜증이 몰려온다. 어느 날은 즐겁게 친구들을 만나고 집에 돌아왔을 때 에너지가 바닥나 아무것도 할 수 없을 정도로 피곤한데 집안일이 쌓여 있고 어수선한 집을 보면 또다시 짜증이 난다. 퇴근하고 바삐 발걸음을 옮겨 집에 도착하면, 남편과 나는 서로 예민해져 사소한 부분이 말다툼으로 번지곤 했다. 예전에는 이런 상황에서 이유도 모른 채 '나는 왜 이것밖에 못 할까?'라며 스스로를 자책하곤 했다.

무언가에 몰입하는 것은 분명 좋은 일이지만, 우리가 쓸 수 있는 체력에는 한계가 있다. 이 사실을 이해하고, 스스로 감당할 수 있는 만큼 일을 분배하는 것이 중요하다. 앞에서도 이야기했지만, 나는 매주 심리 상담을 다니면서 한 주를 어떻게 보냈는지, 바쁘게 지냈는지, 한가로이 보냈는지, 그리고 대체로 기분이 어땠는지 자연스럽게 체크하는 시간을 가졌다.

그러던 어느 날, 나는 선생님께 이렇게 말했다. "왜 자꾸 아픈지 모르겠어요." 그러자 선생님은 내가 한 주 동안 어떻게 지냈는지를 듣고는 "이것도 하고 저것도 하고 아플 만했네요."라고 말씀하셨다. 순간 나는 휘둥그레졌다. 그때 깨달았다. 나는 더 많은 일을 해내야 한다는 당위적인 생각에 스스로를 몰아붙이고 있었다. 결국 내 몸은 아프다는 신호를 보내며 강제로 쉬게 만들었던 것이다.

여기에 더해, 공부하면서 이해하게 된 부분이 있다. 우리 몸에는 '코르티솔'이라는 호르몬이 있다. 코르티솔은 염증을 억제하는 역할을 하며, 스트레스를 받을 때 수치가 증가해 염증 반응을 억제하고 통증을 완화한다. 하지만 휴식을 취하면 코르티솔 수치가 감소하면서 오히려 통증이나 염증이 더 두드러질 수 있다. 그래서 우리는 흔히 농담처럼 "나는 쉬면 아파. 일을 해야 안 아프다니까!"라고 말한다. 하지만 이는 단순한 우스갯소리가 아니다. 코르티솔은 단기적으로 염증을 억제해 주지만, 만성적으로 높은 수준이 유지되면 되레 염증을 악화시키게 된다. 즉, 쉬지 않고 계속해서 나를 혹사시키면 결국 몸이 스스로 멈추는 선택을 하게 된다.

예전에는 몰랐지만 점점 예민해지고 반복적으로 지독한 몸살을 앓으면서 에너지를 분배할 필요성을 절실히 느끼기 시작했다. 나는 계획을 세우고 순차적으로 차근차근 해내는 것을 잘 못했지만, 조금씩 주간 플래너를 작성하고 체크리스트를 활용하면서 오늘 할 수 있는 일과 내일로 미룰 수 있는 일을 나눌 수 있게 되었다.

이전에는 할 일의 우선순위를 정하지 않고, 에너지를 끌어다가 마구잡이로 처리하곤 했다. 그런데 체크리스트를 쓰지 않은 날에는 어디에 에너지를 가장 집중해야 할지 모르겠고, 애매하게 쉬게 되어서 금세 피로해지기 일쑤였다. 부담스럽게 느껴지지 않도록 가볍게 시작할 수 있는 방법을 고민했다. 예를 들어서 마감이 얼마 남지 않은 중요한 일이나 오늘 꼭 끝내야만 하는 일들을 우선순위로 정하고 가장 먼저 할 수 있도록 배치했다. 만약 오늘 집안 청소를 가장 중요한 할 일로 정했다면 그 안에서도 가장 시급한 일을 먼저 골랐다. 화장실이 가장 더럽다면 화장실 청소부터 시작하고, 그다음으로 설거지, 빨래 정리 같은 식으로 차근차근 해나갔다. 그리고 모든 일을 마친 후에는 체크리스트에 표시하고 온전히 쉬는 시간을 가졌다.

체크리스트를 작성하고 하나씩 완료할 때마다 항목을 체크하면 도파민이 분비되어 동기부여에도 도움이 된다. 요즘 나는 체크리스트의 항목을 하나씩 해내고 체크하는 과정 자체가 소소한 즐거움이 되었다. 또 다른 예시로, 친구를 만나는 날이 정해져 있다면 전날과 다음 날의 스케줄을 미리 조정했다. 만나기 전날에는 강의를 미리 듣거나 과제를 해두었고 당일에는 친구와 온전히 즐겁게 보냈다. 그리고 다음 날에는 산책을 하거나 책을 읽으며 온전히 쉬는 날로 정했다.

주간 플래너를 작성하면서 가장 좋았던 점은 한눈에 바쁜 주와 덜 바쁜 주를 확인할 수 있다는 것이었다. 덕분에 이번 주에 해야 할 일과 다음 주로 미뤄도 되는 일들을 효과적으로 분배할 수 있었다. 이 방식은 내가 에너지를 끝까지 끌어 써서 소진되어 후회도 해보고, 시행착오를 겪으며 찾은 나만의 에너지 분배 방식이다. 물론 이 방법이 모두에게 정답은 아니다. 어떤 사람은 이틀, 사흘 연속으로 친구들을 만나도 활력이 넘치지만, 어떤 사람은 하루만 만나도 에너지가 다 소진될 수도 있다. 나의 예시를 참고해 당신에게 꼭 맞는 계획을 고민해 보고, 당신의 에너지만큼 계획을 분배해 봤으면 좋겠다.

우리는 휴식이 중요하다는 사실을 잘 알면서도, 정작 실천하지 못할 때가 많다. 하지만 쉬어 주는 시간도 결국 나를 위한 시간이며, 충분한 휴식을 취해야 에너지를 재충전해서 다른 활동도 더 즐겁고 효율적으로 해낼 수 있다. 지쳤지만 억지로 자신을 몰아붙이며 일을 하거나 공부하면, 오히려 집중력이 떨어지고 실수도 잦아진다. 예전에는 이런 상황에서 자책하며 '내가 또 실수하네. 난 이것밖에 못 하나 봐.'라고 스스로를 비난했다.

하지만 요즘에는 "지금 집중도 안 되고 깜빡깜빡 잊는 게, 오늘 내 인지 능력을 다 썼나 봐." 하고 웃어넘기며 '이제 쉬어야 할 때구나.' 하고 받아들이며 자연스럽게 휴식 상태로 들어간다. 쉬는 방법 역시 각자에게 맞는 방식이 있을 것이다. 예전에 여러 사람의 경험을 들으며 휴식 방법도 사람마다 제각각 다르다는 것을 깨달았다.

어떤 사람은 여행을 가서 새로운 경험을 하며 에너지를 채우고, 어떤 사람은 집에서 재미있는 영상을 보며 한바탕 웃는 것으로 재충전한다. 또 어떤 사람은 가볍게 산책하거나 클래식을 들으며 쉰다고 한다. 나는 개인적으로 몸을 편안하게 이완하고, 소설을 읽는 것이 가장 좋은 재충전 방법이다. 쉬어가는 시간은 스케줄을 정할 때 의도적으로 꼭 포함해야 한다. 예를 들어 전날 모든 일을 처리하고 온종일 쉬는 날을 만들거나 하루 일정 속에서 할 일을 하나씩 마친 후 틈틈이 쉬는 방식으로 계획할 수 있다. 중요한 것은 쉬는 것도 해야 할 일 중 하나라는 인식을 가지는 것이다.

『나는 괜찮을 줄 알았습니다』의 저자 노라 마리 엘러마이어는 이렇게 이야기했다.

'몸이 아프면 마음도 아프고 마음이 아프면 몸도 아픈 법이다. 사실 심리의 그런 우회는 매우 의미 있고 현명한 수법이다. 어쩌면 질병이 아니라 지극히 건강한 비상 브레이크일지도 모르겠다. 하지만 나는 여전히 내가 심리적 감당 능력의 한계에 도달했다는 사실을 이해할 수 없었다. 추월선을 폭주하던 나의 삶은 멈추는 방법은 아마 그것밖에 없었을 것이다.'

이 문장은 깊이 공감되었고 절로 고개가 끄덕여졌다. 곱씹어 보니, 나 역시 힘든 시간을 겪으며 몸과 마음이 아팠던 나날들이 떠올랐다. 내 몸은 정말 쉬어야 한다고 강하게 경고하고 있었다. 우리는 휴식의 중요성을 알면서도 쉽게 지나치거나, "쉴 시간이 없어.", "해야 할 일이 너무 많아."라며 스스로를 몰아붙이곤 한다. 언제나 생산적으로 무언가를 해내야만 한다는 강박에 사로잡혀, 막상 쉬는 시간에도 죄책감을 느끼고 시간 낭비라는 생각과 함께 스스로를 나무라며 비난하기도 한다. 나 역시 그랬기에, 그 마음을 누구보다 잘 이해한다. 하지만 진정한 생산성은 나의 한계를 인정하고, 몸과 마음의 신호를 받아들이며, 휴식이 필요한 타이밍을 설정하고 점진적으로 조율해 가는 것에서 비롯된다.

이런 깨달음을 얻은 후, 심리 상담사 선생님께 "선생님, 그때는 몰랐는데 제 몸이 쉬라고 '안서영 너 안 쉬면 이제 아플 거야. 너 진짜 이게 마지막 경고야.'라고 비명을 질렀나 봐요." 하며 웃으며 이야기해 드렸다. 거듭 강조하지만, 나는 내가 겪었던 우울증이나 신체적 고통이 결코 헛된 경험이었다고 생각하지 않는다. 오히려 이런 경험을 통해 내 몸과 마음을 진지하게 돌아보게 되었고, 근본적인 우울과 불안의 뿌리, 억압해 왔던 감정들을 용기 내어 직면할 수 있게 되었다.

이 글을 읽고 있는 당신도 지금의 좌절을 '몸과 마음을 돌보라는 신호'로 받아들이고 스스로를 소중히 돌봐주었으면 좋겠다. 우리는 누구나 아플 수 있고, 쉬어야 할 때가 있다. 그러니 '왜 하필 나에게 이런 일이 일어났을까? 운이 나빠서 그런 걸까?', '쉬는 건 시간 낭비야.'라고 자책하기보다는, 잠시 멈춰 더욱 깊이 자신을 이해하고 공감하는 기회로 삼기를 바란다.

6장

마지막으로 너에게
남기고 싶은 말

나를 평생 사랑하는 관리법

우울증을 극복하고 여러 문제를 이겨냈다고 해도, 어느 순간 다시 자존 감이 낮아지는 순간이 찾아올 수 있다. 또한 한 가지 문제를 극복해도 또 다른 어려움이 닥쳐 좌절하게 되기도 한다. 이런 상황은 누구에게나 일어 날 수 있으며, 자존감은 고정된 것이 아니라 상황에 따라 변하기도 한다. 여기서 기억해야 할 중요한 점은 자존감은 누구나 높일 수 있으며 높아진 자존감도 크고 작은 일들로 인해 변할 수 있다는 것이다.

이를 신체 건강에 빗대어 생각해 보면 이해하기 쉽다. 바쁜 일정이 계속 되면 면역력이 떨어져 감기에 걸리기 쉽고, 원래 취약한 부분이 아플 수 있다. 마음의 건강도 이렇게 생각해 주었으면 좋겠다. 현재 어떤 상황을 헤쳐 나가고 있는지, 어떤 문제를 마주하고 있는지에 따라 자존감이 흔들릴 수 있고, 때로는 무너질 수도 있다. 하지만 같은 상황에서도 누군가는 더 유연하게 극복하고 더 빠르게 회복할 수도 있다.

　사람마다 경험도 다르고 성격도 다르기 때문에 같은 상황에서도 어떤 이는 더 깊이 고통을 느끼고, 어떤 이는 비교적 덜 힘들게 받아들일 수도 있다. 사람마다 넘어지는 지점도 제각기 다르다. 사람들은 내게 어떻게 모로코 생활을 견디고 잘 극복했냐며 대단하다고 이야기한다. 어떤 이들은 그런 환경 속에서도 술을 마시지 않고, 자살을 생각하지 않으며 나보다 더 힘든 상황에서도 잘 버텨낸 사람이 많다고 말하기도 한다.

　하지만 마음의 고통은 상대적이다. 어떤 사람은 어린 시절 좋지 않은 경험을 했어도 트라우마나 극심한 우울증으로 이어지지 않을 수도 있지만, 어떤 사람은 남들이 보기에는 사소해 보이는 일에도 크게 무너질 수 있다. 누군가가 겪고 있는 고통이나 마음의 병에 대해 '왜 그것밖에 하지 못했느냐.'라고 함부로 말할 수는 없다. 앞에서도 이야기했듯이, 우리는 개개인의 경험을 100% 직접 체험할 수도 없고, 그 사람이 되어 볼 수도 없기 때문이다. 그렇기에 누군가에게 '왜 넘어져 있느냐, 왜 이렇게 힘들어 하느냐.'라며 재촉하거나 함부로 판단할 수 없다.

　이 글을 읽고 있는 당신이 만약 마음의 병으로 힘겨워하고 있거나 여러 가지 일로 인해 고통스러운 상황에 놓여 있지만 "내가 겪는 일은 남들보다 덜 심각한 것 같아." 또는 "이 정도로 힘들다고 생각하는 내가 이상한 걸까?" 하고 느끼고 있다면, 꼭 기억해 주었으면 좋겠다. 고통은 사람마다 다르게 느껴진다는 것을. 심리학에서는 이를 '주관적 고통'이라고 부른다.

비슷한 경험을 했는데도 어떤 사람은 별로 힘들어하지 않는 것처럼 보이고, 또 어떤 사람은 쉽게 극복하는 것처럼 보일 수 있다. 하지만 그렇다고 해서 '나는 왜 저 사람처럼 못할까.'라며 자신을 채근하거나 비교할 필요는 없다. 중요한 것은, 일단 내가 고통스러워하고 있다는 사실을 인정해 주는 것이다. 자신의 아픔을 직시하는 일은 결코 쉽지 않다. 때로는 외면하고 싶고, 묻어두고 회피하고 싶어지기도 한다. 내가 존경하는 상담심리 교수님께 내 고통과 힘들었던 경험을 솔직하게 털어놓았을 때가 있다. 교수님은 이렇게 말씀해주셨다. "회복의 과정은 고통스럽지만, 한 걸음씩 발걸음을 내딛는 것은 매우 용기 있는 일이야. 그리고 마음은 우리가 견딜 만큼만 보여주고 느끼게 한단다." 나는 그 말을 듣고 눈물을 흘렸다.

그리고 인정하게 되었다. 원래 회복의 과정은 고통스러운 법이라는 것을. 그리고 한 가지씩 천천히 올라오는 생각과 감정들은, 내가 이전 단계에서 머무르는 것이 아니라 회복되고 있다는 증거라고 생각하게 되었다.

『벌써 마흔이 된 딸에게』의 저자는 이렇게 이야기했다. '성장통은 아프다. 익숙했던 패러다임이 흔들리고 또다시 새로운 평형에 도달하는 과정은 힘겹다. 그러나 혼돈과 아픔의 시간이 끝나면 우리는 새롭게 태어난다. 추구하고자 하는 가치가 분명해지면서 고민이 줄고 삶이 단순해진다. 자기 자신에 대한 만족감과 에너지 수준이 높아진다. 웃음이 많아지고 행복감을 느낀다.' 나는 회복의 과정이 굉장히 아프다는 사실을 인정하고 이해하게 되자 마음이 한결 편안해졌다. 그리고 진심으로 나 자신을 다독일 수 있게 되었다. '지금 내가 겪고 있는 이 아픔은 성장통이야. 회복되어 가는 과정이야.'라고.

이렇게 고통을 인정하면서 한 가지 깨달은 점이 있다. 마냥 좋은 일이 와도 언젠가 다시 어려운 일이 찾아올 수 있다는 담담함과, 반대로 나쁜 일이 찾아와도 곧 좋은 일이 올 것이라는 희망을 품게 되었다는 점이다. 그러니 자신의 아픔을 있는 그대로 인정하고, 충분히 슬퍼하자. 지금 당신이 느끼는 감정은 억누를 것이 아니라 자연스럽게 흘려보내야 할 것들이다. 그리고 기억하자.

또 다른 아픔을 마주할 수 있다는 것은, 이미 어느 정도 회복되었기 때문이며 그 감정을 느낄 수 있다는 건 충분히 회복될 수 있는 여력이 남아 있다는 뜻이다. 그러니 스스로를 따뜻하게 다독여 주자.

나는 가끔 좌절감이 들거나 자존감이 낮아졌다고 느낄 때, 일상의 루틴을 최대한 유지하려고 한다. 또한 무수히 많은 생각을 글로 풀어 정리하거나 따뜻한 이야기들이 담긴 영화나 소설을 읽는다. 나를 평생 사랑하는 관리법은 거창할 필요가 없다. 사람은 언제나 에너지가 높고 고양된 상태를 유지할 수 없다. 때로는 쉬어갈 타이밍이 필요하고, 때로는 온전한 힐링이 필요할 때도 있다. 그럴 때는 담담하게 자신을 돌보고, 쉬어야 할 때는 충분히 쉬어 주며 무엇을 할 때 가장 큰 기쁨을 느끼고 에너지가 충전되는지 알아보는 것이 중요하다.

사소한 부분들로 일상을 채워가며 나를 돌보는 것이다. 자신을 돌본다는 것은 그저 내가 좋아하는 한 끼 식사를 나에게 대접하고, 명상이나 좋아하는 운동을 하며 뿌듯함을 잠시 느껴보는 것. 영양제나 건강에 좋은 음식을 챙겨 먹고, 오랜만에 친구와 안부를 주고받으며 웃어보는 것. 화창한 날씨에 밖으로 나가 여러 풍경을 구경하고, 가끔은 마트나 시장의 시끌벅적한 분위기 속에 있어 보는 것, 무언가에 집중하기 어려울 때는 따뜻한 이야기가 담긴 영화를 보거나 위로가 되는 책을 읽기도 하는 것 아닐까.

행복과 불행이 결정되어 있다고 믿으면, 스스로를 변화시킬 수 없다고 단정 짓게 된다. '아쉽고 후회스럽지 않은 인생이 어디 있으랴. 그러나 과거를 탓하며 제자리에 머무는 것도 나의 선택이요, 과거를 떠나보내고 앞으로 나아가는 것도 나의 선택이다. 어제까지는 마음에 들지 않는 인생이었어도, 오늘을 어떻게 사느냐에 따라 내일은 달라진다.'

— 『벌써 마흔이 된 딸에게』 중에서

우리에게 상처는 양면성이 있다는 사실을 기억하자. 상처가 있었기 때문에 부족한 부분을 채우려고 노력하기도 하고, 앞으로 나아갈 힘을 얻기도 한다. 후회되는 일이 있더라도 하지 못한 일이나 가지지 못한 것에 초점을 맞추기보다는 그 경험을 통해 무엇을 배웠고 얻었는지를 돌아보았으면 좋겠다.

이런저런 후회되는 경험도 결국 나를 성장시키는 소중한 과정이다. 그것을 바탕으로 더 나은 선택을 할 수도 있고, 삶을 더 의미 있는 방향으로 채워 나갈 수도 있다. 요즘 나는 또래보다 이른 시기에 겪지 않아도 될 많은 일들을 경험했고, 그 과정이 고통스러웠다는 사실을 인정하면서도, 그 상처와 결핍이 결국 나를 더 나은 방향으로 성장하게 했음을 깨닫고 있다. 이제는 그 아픔을 부족함으로만 바라보지 않는다. 그 경험들이 나를 단단하게 만들었고, 앞으로 나아갈 힘이 되어주었다.

점진적으로 나아지고 있는 나의 모습을 마주하자. 무수히 많은 사람과 경쟁하며 잘하는 부분을 비교하기보다는, 어제의 나, 6개월 전의 나, 1년

전의 나를 바라보며 점진적으로 발전하고 회복되어 가는 '나'에게 초점을 맞추자.

　지금 당장 1년 전의 나와 현재의 나를 비교해 보면 분명히 회복되었고 성장했다는 사실을 알 수 있을 것이다. 겉으로 보기에 자존감 높은 사람을 부러워하거나 행복해 보이는 사람과 자신을 비교하지 말자. 중요한 것은 자존감은 충분히 높일 수 있으며, 행복도 스스로 선택할 수 있다는 점이다. 나도 무수히 많은 아픔과 시련을 이겨낸 것처럼. 당신도 지금까지 애써왔고, 지금도 잘하고 있으며, 앞으로도 분명히 잘해 나갈 수 있을 것이다.

나에게 고맙다고 말하기

나는 감사를 통해 일어설 수 있었다고 해도 과언이 아니다. 가장 힘들었던 시기에 나는 감사일기를 붙잡고 살았다. 다른 사람들은 "그게 정말 효과가 있어?"라며 궁금해했고, "진심으로 감사하게 느껴져?"라고 묻기도 했다. 사실 나도 처음 시작할 때는 감사일기가 정말 도움이 될까 의심했다.

하지만 꾸준히 적다 보니 그 효과를 몸소 느낄 수 있었다. 어려운 환경 속에서도 사소한 것에서 감사한 부분을 찾아 기록하다 보면, 어느새 마음이 뿌듯해지고 따뜻함으로 채워지는 경험을 하게 되었다. 감사일기의 효과는 이미 널리 알려져 있다. 바쁜 일상 속에서 감사할 것들을 찾다 보면 마음에 여유가 생기고, 자존감 향상과 정신 건강에도 긍정적인 영향을 미친다. 결국 긍정적인 마음으로 일상을 채우는 것은 얼마나 중요한지 다시 한번 깨닫게 된다.

처음에는 외부와 환경에서 감사한 점을 찾았다. 나에게 고마운 마음을 가지지 않았던 것도 있지만, 애초에 내 안에서 감사할 점을 찾을 생각조차 하지 못했기 때문이다. 하지만 감사의 효과를 믿어보기로 하고 꾸준히 적다 보니, 자연스럽게 타인에게 감사했던 일들이나 과거의 기억들이 떠오르기 시작했다. 그렇게 떠오른 감사한 순간들을 기록하는 것에서 그치지 않고, 실제로 그 당사자에게 감사의 마음을 전하기도 했다. 그러자 긍정적인 영향이 퍼져나가며 서로 감사하는 마음이 싹트고, 그 과정에서 따뜻함으로 마음이 채워지는 '감사회로'의 경험을 할 수 있었다.

이전의 내 감사일기는 주로 타인, 기회, 그리고 사물에 초점이 맞춰져 있었다. 다음은 실제 내 감사일기다.

- 술을 마시지 않았다고 하면 함께 기뻐해 주시는 정신과 의사 선생님께 감사.

- 내가 만든 요리를 맛있게 먹어준 식구들에게 감사.

- 오늘 요가를 할 수 있는 기회에 감사.

– 심리 상담사 선생님께서 원가족에 대한 이야기를 정리해 보라고 조언해 주신 것에 감사, 덕분에 새로운 시각으로 내 감정을 바라볼 수 있게 되었다.

– 추운 날씨에도 햇빛이 들어오는 내 집에 감사, 뜨거운 아메리카노를 마실 수 있음에 감사하다.

– 남편이 추운 날씨에도 가족을 위해 일함에 감사.

처음에는 당연히 감사일기를 쓰는 것이 어색하고 어려울 수 있다. 주변을 둘러보아도 감사할 일이 하나도 없다고 느껴질 수도 있다. 하지만 평소 당연하게 여겼던 사소한 부분에서 감사함을 찾으려 노력하면, 삶을 바라보는 시선이 달라지고 만족감이 점점 높아진다. 시간은 언제라도 좋다. 부담 갖지 말고 아침이든 저녁이든 짧은 시간을 내어 딱 세 가지만 적어보자.

세 가지라고 생각하면 금방 찾아낼 수 있고, 짧게 써도 괜찮다. 위의 예시는 비교적 길게 적은 나의 감사일기이지만, 바쁘거나 귀찮을 때는 아주 간단하게 눈에 보이는 것을 쓰기도 했다. 예를 들어 '따듯한 집이 있어서 감사. 저녁을 배달시켜 먹을 수 있음에 감사.' 이런 식으로 말이다. 이렇게 짧게 쓰는 날도 있지만, 어느 순간에는 감사함이 마음속에서 흘러넘쳐 한

줄을 넘기고 계속해서 쓰고 있는 나를 발견하게 된다.

나는 예전부터 행복은 그저 나에게 주어진 환경에 얼마나 만족하느냐에 달려 있다고 생각했다. 그래서 힘들 때일수록 더욱 감사일기와 감사한 점을 찾는 것에 의지했다. 그리고 실제로 이게 나를 살려주었다.

어느 날부터인가 감사함으로 채워지는 힘을 느끼기 시작했다. 거울을 볼 때나 홀로 울적해질 때면 스스로에게 '서영아, 너는 가치 있는 사람이야. 너 정말 멋있는 사람이야.'라고 말해주었고, 그때부터 진정으로 나 자신에게 고마운 부분들이 떠오르기 시작했다. 스스로에게 고마운 점을 찾고 기록하다 보니 자신감이 생겼고, 성취감도 느낄 수 있었다. 이건 나의 실제 예시다.

– 오늘 바쁜 계획을 척척 다 해낸 서영이에게 감사.

– 어제, 오늘 술을 잘 참아낸 서영이에게 감사.

– 아직 많은 걸 하고 싶은 내가, 뭐든지 도전할 수 있는 내 나이가, 내 삶이 감사하다.

– 할 수 있다고 믿는 나에게 감사.

– 발표 준비를 잘 해낸 나에게 감사.

실제로 내가 성취한 경험을 감사일기에 기록하고, 성공했을 때 스스로에게 고맙다고 이야기 해주면서 더없는 기쁨과 만족감을 느꼈다. 앞서 이야기했듯이, 남이 인정해 주는 말에만 의존하고 그 인정을 목말라할수록 오히려 채워지지 않고 더욱 멀어져만 간다. 하지만 감사일기를 쓰며 내가 성취한 경험과 장점들을 되새기다 보니, 나 스스로를 긍정적으로 바라볼 수 있게 되었고, 이런저런 고생을 하는 나 자신에게 고마운 마음이 들기 시작했다.

어떤 날은 노력하고 애쓰는 나에게 연민이 느껴지기도 했고, 척척 해내는 내 모습이 보여 뿌듯함과 보람을 느끼기도 했다. 처음부터 나 자신에게 고마운 일을 적어야 한다는 부담을 가질 필요는 없다. 처음에는 그저 내가 해낸 일 한 가지라도 찾아서 적어보자. 아주 사소한 성취라도 기록하고, 뿌듯함이 느껴진다면 스스로에게 응원의 말을 덧붙여 보자.

그렇게 하나씩 채우다 보면, 어느 순간 내가 해낸 일이 쌓이고 내 존재 자체가 감사하게 느껴진다. 자연스럽게 그런 감정이 들 때 적어도 된다.

중요한 건, 나 자신에게 의식적으로 자꾸 고맙다고 이야기하는 연습을 하는 것이다. 자신의 노력과 성취를 인정하고, '고생 많았어.', '정말 잘하고 있어.'라고 말해주는 것은 스스로를 소중하게 여기게 만들며, 궁극적으로 자존감을 높이는 데에도 큰 영향을 미친다.

우울증도 감사해

    우울증과 여러 가지 심리적으로 고통스러운 일들을 겪은 후, 나는 우울증도 감사하다는 사실을 깨닫게 되었다. 심리적인 고통의 시간이 지나고 나서야 비로소 보이는 것들이 있었다. 끝까지 나를 믿고 지지해 준 사람들, 그 어려움을 견뎌낸 내 내면의 강인한 힘, 그리고 나를 소중하게 여기고 돌볼 수 있게 된 부분들이다. 나는 우울증을 앓기 전부터도 나 자신을 소중하게 여기지 못했다. 언제나 내 존재는 하찮게만 느껴졌고, 내가 별로 중요하지 않은 사람이라고 생각했다. 잘하는 게 하나 없고 주장도 제대로 하지 못하는 바보 같다고 여겼다. 내면을 돌보는 법을 몰랐을 뿐만 아니라, 몸 건강 또한 전혀 신경 쓰지 않았다. 그렇게 끝도 없이 스스로를 몰아붙이며 비관적인 사고에 갇혀 허우적대던 나에게, 우울증은 지극히 정상적인 비상 브레이크 신호였다는 것을 알게 되었다.

우울증이 나를 발을 걸어서라도 넘어뜨리지 않았다면, 나는 끝없이 스스로를 몰아붙이며 무너졌을 것이다. 그 시간을 겪고 나니 비로소 내면의 소리에 귀 기울일 수 있게 되었다. 자살하고자 하는 생각이 미친 듯이 떠올랐고, 스스로와 치열하게 싸우지 않았다면 나는 살아갈 진정한 이유와 의미를 결코 찾지 못했을 것이다. 충분히 쉬어가야 하고, 바쁘게만 살아갈 수 없다는 사실을 빨리 깨우치게 되었다. 심리적으로 크게 아파본 경험 덕분에, 그 직전 몸과 마음이 보내는 신호를 알아차릴 수 있게 되었고, 다시 그 상태로 돌아가지 않기 위해 부단히 노력하게 되었다.

그렇게 나는 심리학을 공부하기 시작했고, 타인의 고통스러운 경험을 더 깊이 이해하고 공감할 수 있게 되었다. 우울증을 겪었기에 내면이 내 주의를 어떻게 끌려 하는지 이해할 수 있게 되었고, 심리적 치료와 회복에 대한 관심이 더욱 커졌다. 차츰차츰 우울증에서 벗어나 내면의 건강을 돌보면서, 현재는 나 자신을 긍정적으로 바라볼 수 있게 되었다. 우울증으로 허우적거리던 시기, 나는 자존감을 높이는 방법을 간절히 찾았고, 그 과정에서 자연스럽게 심리 상담과 글쓰기에 관심을 갖게 되었다.

글을 쓰면서 내면을 깊이 탐색할 수 있었고, 심리적 고통의 근원이 무엇인지, 나에게 진정으로 필요한 것이 무엇인지 고민하게 되었다. 또한 한정된 에너지를 어떻게 써야 하는지도 배우게 되었다. 당신도 현재 우울증과 같은 심리적 고통을 겪고 있다면, 당신의 내면이 반복해서 주의를 기울이게 하는 것이 무엇인지 곰곰이 생각해 보았으면 좋겠다. 회복되는 시간과 과정은 사람마다 다를 수 있지만, 결국 당신은 회복된 자신의 모습을 마주할 수 있게 될 것이다.

당신은 결코 혼자가 아니다. 나 또한 자존감이 바닥을 쳤고, 죽고 싶다는 생각만 했던 사람이었다. 가정환경도 좋지 못했다. 요즘은 이혼이 더 이상 큰 흠이 아니지만, 어린 시절 내 가족들은 친구들에게 부모님이 이혼했다는 사실을 절대 말하지 말라고 가르쳤다. 나는 부모님의 이혼을 무의식적으로 부끄럽게 느꼈고, 학교에서 공개수업처럼 부모님이 참여하는 자리에서 '엄마가 오지 않았다.'라는 사실을 창피하게 느꼈다. 무수히 많은 결핍을 경험했고, 자존감이 높고 부모님과 사이가 좋은 친구들을 부러워했다. 중학교 시절에는 부모님이 술에 취한 모습을 본 적이 없다는 친구의 말조차 부럽게 들렸다.

처음 사회를 경험하는 곳은 가정이라고들 한다. 나는 '정서적 금수저'라는 단어를 들었을 때 씁쓸했고, 혹시라도 내가 받은 상처가 내 아이에게 나쁜 영향을 미치지는 않을까 걱정했다. 하지만 다행히도, 자존감은 높아질 수 있고 애착 유형 또한 변화할 수 있다는 말을 듣고 큰 위로를 받았다.

한 번은 아이의 놀이치료 선생님과의 면담에서 이런 말씀을 들었다. "사람은 인생에서 애착 형성을 다시 맺게 하는 세 가지 중요한 유형의 사람들을 만나. 그게 바로 부모, 스승, 배우자야." 선생님은 이 중에서 한 명의 중요한 사람만 만날 수도 있고 세 가지 유형 모두 다 만날 수 있다고 덧붙이셨다. 그 말을 듣고 큰 위안을 얻었다. 비록 나는 부모님과 안정적인 애착을 형성하지 못했지만, 내 삶에서 만나는 다른 관계를 통해 건강한 애착과 자존감을 키울 기회가 있다는 사실이 희망이 되었다. 그리고 실제로 그런 경험을 하며, 이 말에 더욱 깊이 공감하게 되었다.

나는 앞에서 이야기했듯이 부모님과 제대로 된 애착을 형성할 기회가 없었다. 주 양육자와 깊이 애착을 맺기도 전에 부모님이 이혼했고, 이 집 저 집을 옮겨 다니며 살아야 했다. 사춘기를 겪으면서 가족과의 관계는 더욱 악화되었고, 아이를 출산하고 양육하는 과정에서 아이 아빠와의 관계도 좋지 않게 끝맺었다.

하지만 다행히도, 나는 좋은 선생님들을 많이 만날 수 있었다. 미혼모 시설에서 지내는 동안 따뜻하게 나를 위로해 주셨던 사회복지사 선생님들, 그분들께서 연결해 주신 심리 상담사 선생님들, 그리고 현재의 배우자가 나에게 큰 힘이 되어주었다. 사회복지사 선생님들 덕분에 가정이 아니더라도 사회적인 지지와 진심 어린 응원과 따뜻한 마음들이 한 사람을 변화시킬 수 있다는 사실을 직접 경험했고, 그 믿음이 내 안에 자리 잡았다. 심리 상담을 받으면서는 상담사 선생님이 온전히 내 편이 되어 주시며 내 입장을 다시 조명해주었고, 그 과정에서 심리적으로 커다란 안정감을 느낄 수 있었다. 또한, 현재의 배우자를 만나면서 안정적인 가정의 울타리 속에서 가족이라는 의미를 더 유연하게 바라볼 수 있게 되었다.

이 부분이 중요한 이유는, 혹시라도 당신이 자신의 삶을 돌아보며 좋은 가정을 만나지 못했다고 생각하며 좌절하고 있다면, 그것이 결코 실패를 의미하는 것은 아니라는 점을 꼭 전하고 싶기 때문이다. 우리는 태어난 가정을 선택할 수 없지만, 충분히 다른 사회적 지지나 좋은 배우자, 따뜻한 선생님들을 통해 다시 일어설 수 있다. 그리고 그런 관계들은 건강한 애착을 형성하고 자존감을 회복하는 데 큰 힘이 되어준다.

만약 당신이 아무리 돌아봐도 누구에게서도 지원을 받은 적이 없다고 느끼고, 믿을 만한 사람이 없다고 생각된다면, 스스로 직접 도움을 찾아 나서는 것도 좋은 방법이다. 우선 숙면을 취하거나 일상생활을 유지하는 것 자체가 힘겹다면 증상과 고통을 빠르게 완화해 줄 수 있는 병원을 찾아가는 것도 좋다. 만약 근본적인 원인과 뿌리를 찾고 싶다면, 심리 상담 센터를 방문해 상담을 받아보는 것도 도움이 될 수 있다.

요즘에는 검색을 통해 자신에게 맞는 복지 서비스를 쉽게 찾아볼 수 있다. 지자체마다 차이가 있긴 하지만, 정신 건강 복지 센터에서는 병원 치료비 지원을 받을 수 있는 경우도 있으며, 상담이나 사례 관리, 정신 건강 관련 교육 프로그램을 제공하기도 한다.

또한, 일부 상담 센터에서는 심리 상담 인턴 선생님들에게 무료 상담을 받을 수 있는 기회를 제공하기도 한다. 일정 회기 이후에는 유료로 전환되지만, 비교적 저렴한 비용으로 상담을 이어갈 수도 있다.

최근에는 보건복지부에서 지원하는 '전 국민 마음 투자 사업'을 통해 심리 상담 비용을 소득에 따라 일정 부분 지원받을 수도 있다. 이러한 제도를 적극 활용한다면 경제적인 부담을 덜면서도 전문적인 심리적 지원을 받을 수 있다.

병원도 그렇고 상담 센터도 모두 나만의 이야기에 집중해 주신다. 의사 선생님들은 내 증상에 귀 기울이며 약을 처방해 주고, 나에게 맞는 약을 찾기 위해 함께 노력해 주신다. 내가 겪고 있는 증상에 대해 질문하면 친절하게 답변도 해주신다.

심리 상담의 장점은 내가 털어놓는 이야기들이 비밀보장이 되고, 약 50

분 동안 온전히 내 이야기를 경청해 주시며, 판단 없이 내 편이 되어 주고 다시 되돌려 주신다. 상담 선생님들은 내 경험을 존중해 주시며, 조언을 강요하거나 결정을 대신 내려주지 않는다. 그저 내 이야기를 경청해 주시고 중요한 부분을 짚어서 질문해 주신다.

이런 과정이 반복되다 보면 혼란스러웠던 생각들이 정리되기도 하고, 결국 답은 내 안에 있다는 것을 깨닫게 된다. 그리고 이를 통해 용기가 생기기도 한다. 상담을 받으며 미처 생각해 보지 않았던 부분들을 다시 집중해서 바라보게 되기도 한다. 마치 책이나 영화를 시간이 지나 다시 보면 느낌과 해석이 달라지는 것처럼, 단순한 기억이라고 여겼던 부분이 상담을 통해 새롭게 조명될 때 감정과 생각이 달라지기도 한다. 어린 시절 느꼈던 감정과 성인이 되어 그때를 떠올릴 때의 감정이 달라질 수 있듯이 말이다.

현재 홀로 우울증이나 심리적 어려움과 싸우고 있다면, 사회적 지원 서비스를 찾아보거나 믿을 만한 주변 사람에게 용기를 내어 자신의 이야기를 털어놓는 것도 해소의 한 과정이 될 수 있다.

우울증이 있었기에 잠시 쉬어가며 '나'를 돌볼 수 있게 되었고, 내가 진정으로 원하는 가치와 관심사를 찾을 수 있었다. 이전에는 외면했던 상처들을 용기 내어 다시 마주할 수도 있었다. 우울증이 있었기에 외적인 부분이 아니라 내적인 힘들을 알아봐 주시는 소중한 분들의 만남을 가질 수 있게 되었다. 우울증이 있었기에 동동 구르며 진정으로 아파하고 슬퍼할 수 있었다. 또한 일상의 소중함과 감사함을 더 깊이 바라볼 수 있게 되었다. 우울증을 겪고 나니 앞으로도 또 다른 어려움이 닥쳐오더라도 결국 다시 이겨낼 수 있으리라는 내면의 힘을 발견하게 되었다. 돌이켜 보면, 우울증은 나에게 고통만을 준 것이 아니었다. 오히려 나를 더 깊이 이해하고 성장시켜 준 감사한 존재이다.

나를 항상 다독여 주기

우리가 습관적으로 하는 행동이나 감정, 사고 패턴은 하루아침에 만들어진 것이 아니다. 오랜 시간에 걸쳐 형성된 것이기 때문에 쉽게 변하지 않으려는 특성이 있다. 뇌는 변화를 불편하게 여기고, 익숙한 것을 유지하려는 '항상성'을 가지고 있다. 이 때문에 새로운 습관을 만들거나 변화를 시도할 때 자신도 모르게 저항감을 느끼게 된다. 하지만 변화를 어렵게 느끼는 것은 결코 의지가 부족해서가 아니다. 단지 우리의 뇌가 기존의 익숙한 방식에 머무르고 싶어 하기 때문이다.

물론, 항상성 덕분에 우리가 한 번 루틴을 만들면 에너지를 효율적으로 사용할 수 있다는 장점도 있다. 하지만 동시에, 더 나은 습관을 만들거나 삶을 변화시키려 할 때는 많은 노력이 필요하다. 좋은 습관을 꾸준히 들이

기까지 많은 시간과 인내가 필요하다는 것은 누구나 알고 있다. 그리고 이는 단순한 행동 변화뿐만 아니라 심리적인 부분에서도 마찬가지다.

심리 상담에서도 우리는 종종 '심리적 저항'을 경험하기도 한다. 우리의 무의식은 변화를 위험한 신호로 받아들이고 저항하게 만든다. 왜냐하면, 지금까지 우리가 사용해 온 '방어기제'는 심리적으로 힘든 상황 속에서 우리를 보호해 주는 역할을 해왔기 때문이다. 이처럼 부정적이든 긍정적이든 변화에 대한 두려움이나 불안감을 느끼기 마련이다.

나의 경우, 한때 알코올에 의존하며 살았고, 심리 상담을 받으면서도 그 사실이 부끄러워 숨기려 했다. 하지만 술에 의존하는 내 모습을 제대로 직면하고 인정하면서, 술 없이도 괜찮은 이유를 하나씩 찾아보고 나름대로 노력하며 실천해 나갔다. 실제로 금주를 이어가던 시기에는 술을 다시 입에 대는 악몽을 꾸기도 했을 정도로, 술 없이 사는 것이 간절했다.

그럼에도 불구하고, 오랜만에 친구들과 모여 재미있는 이야기를 나눌 때, 일을 끝마치고 돌아온 남편이 한두 캔씩 맥주를 마시는 모습, 가족들이 오랜만에 모여 맛있는 음식과 함께 술을 곁들이는 순간마다 흔들리기도 했고 결국 다시 술을 마신 적도 있었다. 하루는 연속 60일 가까이 금주를 이어가다가 결국 술을 다시 마시고 말았고, 완전히 좌절한 상태로 상담을 받으러 갔다. 그때 심리 상담사 선생님은 원래 내 나이대에는 친구들과 맛있는 안주에 술도 많이 마시는 나이라며 선생님도 20대 초반에는 술을 자주 마셨던 경험이 있다고 이야기 해주셨다. 그때 당시 선생님은 술을 1년 넘게 아예 마시지 않고 계셨다. 그런 경험을 공유해 주시고 1년 넘게 금주하는 모습이 나에게는 마음에 위로가 되었다.

처음 상담을 시작했을 때 선생님은 나의 히스토리를 들으시면서 술이 나를 살린 부분도 있다고 말씀해 주셨다. 처음에는 그 말씀이 전혀 이해되지 않았다. '술이 나를 살렸다고? 술을 자꾸 마시는 건 내 의지가 약해서야. 술을 마시는 건 결국 나를 망치는 길인데.' 하지만 모로코에 돌아온 지 얼마 되지 않았을 때, 진정으로 고통스러운 시간을 보내며 하루하루가 너무나 더디게 흘러갔던 기억이 떠올랐다. 맨정신으로는 도저히 버틸 수 없었다. 하염없이 우울해졌고, 죽고 싶다는 생각만 가득했다. 술을 마시지 않고 잠자리에 들면 악몽을 꾸거나 가위에 눌리기 일쑤였고, 깊이 잠드는 것조차 어려웠다.

그때를 다시 떠올려보니, 나는 무의식적으로 술을 마시면서 버텨냈다는 사실을 다시금 깨닫게 되었다. 또한 상담을 받으면서 점차 내 안의 슬픈 감정을 억누르고 있다는 것과 울고 싶어도 울지 못하는 내면 아이를 마주하게 되었다. 그렇게 서서히 스스로를 직면하며 조금씩 일어설 수 있었다.

또한 술을 마신 날에도 자책하고 죄책감에 빠지기보다는, 차분하게 내 감정을 들여다보고 글로 정리하거나 주변에 솔직하게 이야기하기로 했다. 내가 술을 마시고 싶었던 이유가 무엇인지, 어떤 심리적 탈출구가 필요했는지, 그리고 다른 해결 방법은 없는지 고민하며 실행에 옮기기도 했다. 그리고 무엇보다 나에게 가장 도움이 되었던 것은, 충분히 잘 달려 나가다가도 엎어질 수 있다는 사실을 인정하고부터였다.

우울증이 많이 회복되었다고 해도 다시 재발할 수 있다는 사실을 인정해 주자. 나 또한 우울증이 좋아졌다가 다시 나빠지기를 반복했다. 하지만 이전과 비교했을 때 분명 상태는 나아지고 있었다. 어느 날은 자살하고 싶다는 생각 없이 활기차게 하루를 보내기도 하고, 집도 잘 정리하며 괜찮게 지내는 날도 있었다. 하지만 또 어느 날은 사무치게 외롭고 우울해져서 이불 속에서 꼼짝하지 않고 있다가 결국 술을 마시거나 자해를 하기도 했다. 버스를 타고 창밖을 바라보다가 '차라리 차에 치였으면 좋겠다.'라는 생각이 들 때도 있었다. 그러다가도 기분이 괜찮아지는 날이면 산책을 하거나 책을 읽으며 활기차게 보내기도 했다.

그러니까 내가 극복해 가는 과정은 곡선을 이루며 굴곡져 있었다. 조금 올라갔다가 다시 내려가고, 또 내려왔다가 다시 올라가는 식이었다. 하지만 지금 돌아보면, 이 곡선은 결국 점진적으로 상승하고 있었다. 사람은 마음이 감당할 수 있는 만큼만 천천히 회복된다. 감당할 수 없을 정도로 모든 것을 한 번에 뿌리째 뽑아버린다면, 오히려 그 충격으로 더 크게 무너질 수도 있다.

그래서 나는 더 이상 재발을 두려워하지 않기로 했다. 몸이 힘들면 당연히 다시 무너질 수도 있고, 여러 환경적 요인으로 스트레스가 심해지면 몸과 마음이 비상 경고를 보낼 수도 있다. 그렇다면 재발을 두려워하기보다는, '지금은 다시 쉬어가야 할 때구나, 잠시 멈춰야 하는 시간이구나.' 하고 받아들이는 게 더 현명하지 않을까. 나 또한 과거에는 우울증이 다시 재발할까 봐 전전긍긍하며 두려워했다. 실제로 증상이 완전히 다시 찾아오기도 했고, 어떤 때는 견딜 수 있을 정도로만 나빠지기도 했다.

하지만 이제는 우울해지기 전의 신호를 조금씩 알아차리고, 내가 만들어 놓은 루틴을 최대한 유지하려고 노력한다. 울적해진 내 마음을 충분히 들여다보고, 해야 할 일들을 조금 내려놓거나 미루어 둔 채 일상적인 것들에 집중한다. 몸이 피곤할 때는 약속이나 할 일들을 과감히 미루어 두고, 에너지가 충전된 후에 몰아서 처리하기로 한다. 대신 그 시간 동안 내가 할 수 있는 가장 기본적인 것들, 잘 씻고, 잘 먹고, 충분히 쉬는 것에 집중한다. 내가 좋아하는 소설을 읽고, 명상을 하거나 스트레칭을 하면서 몸과 마음을 돌본다.

예전에는 일이 버거워지기 시작하면 그걸 끝까지 붙잡고 가려다 결국 완전히 무너져버렸고, 다시 일어나기까지 너무 오래 걸리곤 했다. 하지만 시행착오를 겪으면서 깨달았다. 완전히 엎어지기 전에 멈추고, 기본적인 루틴을 유지하면서 쉬는 것이 훨씬 더 회복에 도움이 된다는 것을. 그래서 지금은 더 이상 완벽하게 해내야 한다는 생각을 버리고, 내가 감당할 수 있는 만큼의 삶을 유지하는 방향으로 노력하고 있다.

당연히 우울해질 수 있고, 초조해지고 불안해질 수도 있다. 하지만 이불 속에서 아무것도 하지 않은 채 누워서 과거만 곱씹으면, 우울이라는 감정은 내 후회를 좀먹으며 더욱더 커지고, 불안은 '잘 해내야 한다'는 강박적인 생각과 경쟁심, 막연한 미래에 대한 두려움을 점점 더 증폭시킨다.

이럴 때일수록 우리는 잠시 멈추어야 한다. 잘 챙겨 먹고, 이불을 세탁해 보송한 이불을 덮고, 미루었던 방 정리를 해보자. 내 감정과 마음을 들여다볼 수 있도록 일기를 써보거나, 개운하게 낮잠을 자도 좋다. 깊이 들이마시는 호흡에 집중해 보거나, 좋아하는 영화나 책을 다시 꺼내 보는 것도 괜찮다. 그리고 이 시간을 감사하게 여기고 충분히 즐기자.

그러니까 우울할수록 억지로 열심히 무언가를 하라는 말이 아니다. 오히려 가장 기본적인 것부터, 그저 나를 돌보는 일부터 시작하면 된다. 어디 나가지 않아도 괜찮다. 개운하게 씻고, 보송한 이불을 덮고, 좋아하는 영화나 책을 보거나, 원래 자신만의 루틴이 아침에 스트레칭을 하는 것이 었다면 그저 그것을 하면 된다. 그리고 그런 소소한 일상적인 것들을 해낸 나 자신을 아낌없이 칭찬해 주자. 엎어져 있다고 죄책감을 느끼지 말고, 그저 일상적인 것들을 하며 자신을 다독여 주자. 오늘은 이만큼 해냈다고.

우리는 긍정적으로 변화해 가는 과정에서 다시 자빠질 수도 있다. 그리고 그렇게 되어도 괜찮다. 자빠져도 앞으로 자빠지는 것이니까. 만약 자빠져서 너무 힘겨울 때면 내 이야기를 떠올려 주었으면 좋겠다. 나도 알코올과 우울, 불안 속에서 많이 넘어졌고, 엎어진 상태로 오랫동안 있기도 했다. 다시 일어나는 것이 너무나 어렵게 느껴질 때도 있었다. 하지만 진정으로 자빠지고 시행착오를 겪는 과정들은 결국 앞으로 넘어지는 과정이었다. 그리고 그 모든 경험이 곡선을 이루어 점점 더 위로 올라갈 수 있도록 도와주었다.

나는 오늘도 나를 응원한다

3살 때 부모님이 이혼했고 고등학생 때 출산을 했으며 모로코에서 딸과 함께 탈출해야 했고 우울증과 불안 장애까지 겪었다. 다른 사람들보다 너무나도 어린 나이에 그것도 한꺼번에 너무나도 고통스럽고 깊은 상처를 남길 일들을 경험했다. 인생의 풍파에 휩쓸려 정신을 차리지 못했던 순간도 한두 번이 아니었다. 그러나 지금 돌아보면 그 모든 경험이 나를 단단하게 성장시켜 주었다. 만약 그런 일들을 겪지 않았다면 나는 깊은 내면을 들여다보는 법도 내가 진정으로 원하는 것이 무엇인지 찾는 법도 감정을 솔직하게 마주하는 법도 절대 깨닫지 못했을 것이다. 결국 나는 진짜 나를 만나지 못했을 것이다.

임신 중이던 시절 나는 고등학교 졸업장도 없었기에 정식 일자리를 구할 수 없었다. 하루에 세 시간 동안 전단지를 돌리는 단기 아르바이트를 하며 가난하고 학벌조차 없다는 현실이 얼마나 서러운지 뼈저리게 느꼈다. 그때 돈이 없어서 임신 중에도 내가 원하는 과일 한 개조차 사 먹을 수 없었다. 그게 얼마나 서글픈 일인지 온몸으로 체감했다.

미혼모 시설에 들어가기 전 나는 플라스틱 공장에서 일하며 제공된 숙소에서 잠깐 머문 적이 있다. 그러나 그 숙소는 파리가 날아다니고 바퀴벌레가 수시로 나왔으며 화장실 불조차 켜지지 않는 열악한 환경이었다. 그곳에서 지내며 많은 생각을 했고 아주 작은 것에도 감사할 수 있는 마음을 배웠다. 미혼모 시설에 들어간 뒤에는 따뜻한 방에서 편히 누울 수 있다는 것, 깨끗하게 씻을 수 있는 환경이 있다는 것만으로도 얼마나 큰 위안과 행복이 되었는지 모른다. 삼시 세끼 식사를 할 수 있고 아이 용품을 지원받을 수 있다는 사실만으로도 감사했다. 무엇보다 돈 걱정 없이 아기와 기본적인 생활을 이어 나갈 수 있다는 것이 나에게는 너무나 큰 안도감을 주었다.

모로코에서 지낸 9개월은 너무나도 고통스럽고 괴로웠다. 하지만 결국 한국에 돌아와 그 시간을 통해 더 많은 것에 감사하는 법을 배울 수 있었다. 모로코에서는 길을 걷다 보면 인종차별을 당하는 일이 많았고 그 동네에서 동양인은 나 혼자였기에 어딜 가든 눈에 띄었다. 나를 조롱하며 도망가는 사람들도 많았다. TV를 틀면 아랍어만 흘러나왔고 매콤한 한국 음식이 그리워 입맛이 없어도 참고 먹어야 했다. 밤에는 여자 혼자 돌아다닐 수도 없었고 24시간 편의점은커녕 배달 음식도 먹을 수 없었다. 하루 종일 햇빛도 못 보고 집 안에만 갇혀 있어야 했던 날도 셀 수 없이 많았다. 그때 나의 유일한 소원은 그저 햇빛이 있을 때 정처 없이 걸어 다니는 것이었다.

그러다 감사하게도 영사님을 만나 한국으로 돌아올 수 있었다. 9개월 만에 한국 땅을 밟았을 때 모든 것이 달라 보였다. 표지판의 글자를 읽으면 바로 이해할 수 있고 길을 모를 때 모국어로 도움을 요청할 수 있다는 사실이 얼마나 감사했던지. 내가 원할 때 매콤한 한국 음식을 시켜 먹을 수 있다는 것, 밤에 24시간 편의점에 갈 수 있다는 것 그리고 아침이든 저녁이든 내가 원하는 시간에 산책하러 나갈 수 있다는 사실마저도 얼마나 감사하게 느껴졌는지 모른다.

지금은 나와 연을 끊은 가족들을 원망하지 않는다. 솔직히 말하면 한때는 원가족을 많이 원망하기도 했다. 하지만 결국 누군가를 원망하고 분노에 차 있는 것, 즉 뾰족한 날을 세우고 있으면 결국 나에게도 해가 된다는 사실을 깨닫게 되었다.

나는 가족에게서 좋은 점들을 유전적으로나 환경적으로 물려받았고 이제는 그 장점들에 초점을 맞춰 들여다보며 계속해서 내 것으로 만들기 위해 노력하고 있다. 그렇게 하다 보니 가족의 소중함을 다시금 깨닫게 되었고 원망이 아닌 용서와 사랑, 그리고 이해가 가장 중요하다는 것을 알게 되었다. 그 덕분에 필요할 때 도움을 요청하는 것, 그리고 사회적 지원을 받는 것에 대해 부끄러워하지 않고 진심으로 감사하는 마음을 갖게 되었다. 현재 독립적으로 살아가고 있다는 사실에도 깊은 감사함을 느낀다. 또한 청소년 시절 방황했던 나를 다시 들여다볼 수 있게 되었다.

아이를 일찍 낳았던 경험 덕분에 나는 진정한 내면의 '나'를 마주할 수 있었다. 자녀를 키우면서 방황을 덜 하고 더 일찍 자리 잡을 수 있었던 것도 큰 의미가 있다. 내게 자녀는 선물이자 보물이다. 만약 내가 아직도 소중한 인연들을 만나지 못했다면 아마 술로 인해 병원을 전전하며 우울의 늪에서 빠져나오지 못했을지도 모른다.

미혼모 시설에 들어가면서 소중한 인연들을 만들었고 지금도 그 관계를 이어가고 있다. 여전히 나를 지지해 주고 도움을 주시는 분들이 계시고 남편과 자녀 덕분에 나는 우울과 술의 고리를 끊어낼 수 있었다. 이제는 모든 것이 오히려 기회였고 감사한 일이었다고 생각한다. 그런 만남과 경험들이 있었기에 나는 더 성장할 수 있었고 앞으로 나아갈 방향도 조금씩 보이기 시작했다.

이런 경험을 통해 나는 '모든 사람은 소중하며 충분히 변화할 수 있다.'라는 사실을 깨닫게 되었다. 청소년 시절의 나는 누군가의 눈에는 그저 구제불능의 아이로 보였을지도 모른다. 하지만 진심 어린 응원과 지지를 받았을 때 사람은 놀라울 정도로 극복하고 성장할 수 있다는 것을 몸소 경험했다.

그래서 이제 나는 함부로 다른 사람을 판단하지 않는다. 누구에게나 소중한 자원이 있으며 그것을 충분히 발휘할 수 있는 환경이 주어진다면 무한한 잠재력을 펼칠 수 있다고 믿는다. 그리고 그 가능성을 실현하기 위해서는 단 한 사람이라도 믿어주고 도와주는 것이 중요하다는 것도 직접 경험을 통해 깨달았다. 다른 사람들의 경험 하나하나가 모두 소중하며 나는 그 이야기들에 대해 더 깊이 공감하고 관심을 가지게 되었다.

이전의 나와 비교하면 나는 놀라울 만큼 성장했고 회복되었으며 지금도 회복 중이다. 내 우울과 불안, 그리고 알코올 문제도 기적처럼 나아졌다. 지금 가장 집중하고 있는 것은 '가족'이다. 사랑하는 내 자녀와 남편 그리고 성장하는 나 자신이 함께 조화를 이루며 살아가는 방법을 배워 가고 있다. 물론 앞으로도 넘어질 일이 있을 것이고 어려운 순간도 찾아올 것이다. 하지만 이제는 그것조차도 유연하게 받아들인다. 나의 경험과 상처들이 단단한 밑바탕이 되어주었기에 남들에게는 "설마 이런 풍파가 또 오겠어~" 하고 웃어넘길 수 있는 여유도 생겼다. 또다시 역경이 찾아와도 잘 극복해낼 수 있을 거라는 확신이 있다. 결국 나는 긍정적인 자아상을 가지게 되었다.

나는 완벽한 사람이 아니다. 당연히 가끔은 좌절하고 울적해질 때도 있다. 하지만 이전의 경험들이 나를 단단하게 만들었고 나는 슬기롭게 극복할 힘이 있다는 걸 안다. 마음이 복잡해질 때면 글을 쓰면서 정리하고 스스로에게 응원의 메시지를 남긴다. 그리고 시간이 지나 다시 그 글을 읽을 때면 '나는 생각보다 강한 사람이구나.' 하고 마음이 따뜻해진다. 오늘도 나는 나 자신을 응원한다.

이 글을 쓰면서 나도 미소를 짓다가 때로는 힘들었던 날들이 떠올라 울적해져서 몇 번이나 멈추고 다시 쓰기를 반복했다. 그래도 내가 끝까지 이 글을 남기고 싶었던 이유는 나처럼 평범한 사람, 혹은 나처럼 가족의 지원 없이 자존감이 낮고 힘든 환경에서 살아가는 사람들에게 전하고 싶은 메시지가 있기 때문이다. "아주 작은 지지와 사랑만으로도 사람은 극복할 수 있다."

나는 실제로 극복했고 지금도 극복해가는 과정을 살아내고 있다. 그리고 그 과정을 생생하게 전하고 싶었다. 단 한 사람의 삶이라도 살릴 수 있다면 그것이 나의 간절한 꿈이다. 우리는 모두 소중하고 고유한 존재다. 내가 그랬던 것처럼 차츰 자신의 자원들을 발견하고 삶을 스스로 만들어

나갈 수 있기를 바란다.

　그리고 마지막으로, 이 글을 끝까지 읽은 당신. 당신은 이미 충분히 극복할 힘을 가지고 있고 앞으로 더 멋지게 나아갈 수 있는 추진력을 지닌 사람이다. 그러니 좌절하거나 포기하지 말고 꿋꿋이 살아가자. 살아가다 보면 숨 가쁘게 내달리는 날도, 잠시 멈춰 쉬어야 하는 날도, 사랑과 감사가 넘치는 순간들도 찾아올 것이다.

　나는 오늘도 꿋꿋이 살아가는 당신을 진심으로 응원한다.
　지난 경험을 쓰면서 미소 짓기도 하고 힘든 날들이 다시 생생하게 떠올라 울적해져 글을 멈추다 쓰다가를 반복했다. 그래도 내가 꿋꿋이 책을 쓰고 싶었던 것은 나처럼 아주 평범한 사람. 또는 나처럼 가족의 지원이 없거나 자존감이 아주 낮은 사람, 아주 고통스러운 환경에서도 아주 실낱같은 지지와 사랑이라도 느낄 수 있다면 극복할 수 있다는 사실을 전하고 싶었기 때문이다.
　실제로 나는 그것들을 극복해냈기에, 내가 극복해내는 과정을 생생하게 알려주고 싶었다. 한 사람의 생명이라도 살리는 게 나의 간절한 꿈이었다. 우리 모두 소중하고 고유한 사람이다. 내가 경험한 것처럼 차츰 자신의 자원들을 발견하고 삶을 일구어 나갔으면 좋겠다는 바람으로 쓰기 시작했다.
　당신이 이 글을 여기까지 읽었다면, 충분히 극복할 힘을 가지고 있으며 앞으로 추진력 있게 나아갈 수 있다는 힘이 있다는 것이다. 그러므로 삶에 있어서 좌절하거나 포기하지 말고 꿋꿋이 살아 나가자. 살아 나가다 보면 내달리는 날도 있을 것이고 잠시 멈추어서 쉬어가야 할 시간도 필요할 것이고 사랑과 감사가 넘치는 날도 있을 것이다. 나는 오늘도 꿋꿋이 살아 나가는 당신을 응원한다.

나를 사랑하는 여정을 마치며

제 삶을 돌아보면, 어린 시절부터 끊임없이 상처받고 흔들렸던 시간들이 떠오릅니다. 가족들의 폭력과 무관심 속에서 자존감을 잃어가던 그 시절이 너무나 선명합니다.

17살에 임신하고, 모로코로 떠나서 또 다른 상처를 받으며 무너졌던 시간들, 그리고 한국으로 돌아와 반복되던 자해와 알코올 의존으로 병원에 입원했던 나날들까지. 그 모든 시간이 때로는 너무 고통스러워 다시 기억조차 하고 싶지 않았습니다.

그러나 시간이 지나고 나니 그 모든 순간이 지금의 저를 만들어주었다는 것을 깨닫게 되었습니다. 절망은 저를 더 단단하게 만들었고, 고통은 저에게 삶의 다른 면을 배우게 해주었습니다. 그리고 그 고통 속에서도 저는 결국 잊고 싶은 과거 속에 있는 나 자신이라도 나를 이해하고 사랑하기 위해 노력할 가치가 있다는 것을 배웠습니다.

제가 이 책을 통해 가장 전하고 싶었던 메시지는 단 하나입니다. 우리는 모두 자신을 사랑할 자격이 있고, 스스로 치유할 힘을 가지고 있다는 것입니다.

어린 시절의 저는 저를 있는 그대로 받아들이고 사랑하지 못했습니다. 그래서 누군가에게 의지하려고만 했고, 그 과정에서 더 큰 상처를 받을 수밖에 없었습니다. 하지만 이제 저는 그 시절의 저를 바라보며 이렇게 말할 수 있습니다. "넌 잘못이 없었어. 넌 그저 사랑받고 싶었을 뿐이야."

우리는 모두 완벽하지 않은 세상에서, 불완전한 자신과 함께 살아가야 합니다. 그러나 그 불완전함 속에서 우리는 충분히 행복할 수 있습니다. 나를 이해하고, 나를 사랑하며, 나 자신과의 관계를 새롭게 만들어가는 과정에서 우리는 삶의 진정한 의미를 찾을 수 있습니다.

이 책이 고통 속에서 방황하는 분들에게 작은 위로가 되길 바랍니다. 미혼모로서, 방황하는 청소년으로서, 또는 우울증과 불안 속에서 헤매는 사람으로서 자신을 미워했던 저의 경험이 누군가에게 공감과 용기를 줄 수 있다면, 제 아픔도 더 이상 아픔으로만 남지 않을 것입니다.

또한 저는 이 책이 단지 고통을 겪는 사람들뿐만 아니라, 그들을 돕고자 하는 사회복지사, 상담심리사, 그리고 도움을 필요로 하는 청소년과 부모님들께도 작은 길잡이가 되었으면 합니다. 우리 모두가 서로에게 위로와 사랑을 줄 수 있는 존재라는 것을 이 책을 통해 느꼈으면 좋겠습니다.

마지막으로, 제가 전하고 싶은 말은 이것입니다.
"자신을 용서하고 사랑하는 일은 쉽지 않지만, 그것은 가장 가치 있는 여정입니다. 고통 속에서도 당신은 혼자가 아니며, 당신의 마음은 그 어떤 순간에도 새롭게 시작할 준비가 되어 있습니다."
여전히 저는 완벽하게 괜찮은 사람이 아닙니다. 때로는 여전히 불안함에 흔들리고, 우울감이 찾아오기도 합니다. 하지만 그럴 때마다 저는 제 자신을 다독이며 이렇게 말합니다. "괜찮아. 네가 여기까지 온 것만으로도 충분히 잘한 거야."

이 책을 읽는 여러분도 스스로에게 그렇게 말해주었으면 합니다. "괜찮아. 네가 여기까지 온 것만으로도 잘했어. 이미 너는 충분해."

삶은 완벽하지 않지만, 그 불완전함 속에서도 우리는 자신을 사랑하며 살아갈 수 있습니다. 제가 배운 것들이 여러분에게 조금이나마 위로와 힘이 되길 바랍니다. 이 책을 닫는 순간, 여러분의 마음속에 작은 희망이 피어나기를 진심으로 기원합니다. 저는 늘 여러분 옆에서 힘이 되어 드릴 것입니다. 감사합니다.